GUANGYIN DE GUSHI XILIE
光阴的故事系列

黄每裕 著

心中的风景

——诗歌集

暨南大學出版社
JINAN UNIVERSITY PRESS

中国·广州

图书在版编目（CIP）数据

心中的风景：诗歌集 / 黄每裕著. —广州：暨南大学出版社，2016.11
（光阴的故事系列）
ISBN 978 - 7 - 5668 - 1958 - 1

Ⅰ. ①心…　Ⅱ. ①黄…　Ⅲ. ①诗集—中国—当代　Ⅳ. ①I227

中国版本图书馆 CIP 数据核字（2016）第 247266 号

心中的风景：诗歌集
XINZHONG DE FENGJING：SHIGEJI
著　者：黄每裕

………………………………………………………………………………………

出 版 人：徐义雄
策划编辑：苏彩桃
责任编辑：黄　斯
责任校对：周海燕
责任印制：汤慧君　周一丹

出版发行：暨南大学出版社（510630）
电　　话：总编室（8620）85221601
　　　　　营销部（8620）85225284　85228291　85228292（邮购）
传　　真：（8620）85221583（办公室）　85223774（营销部）
网　　址：http: //www.jnupress.com　http: //press.jnu.edu.cn
排　　版：广州良弓广告有限公司
印　　刷：深圳市新联美术印刷有限公司
开　　本：787mm×960mm　1/16
印　　张：11.25
字　　数：210 千
版　　次：2016 年 11 月第 1 版
印　　次：2016 年 11 月第 1 次
定　　价：68.00 元

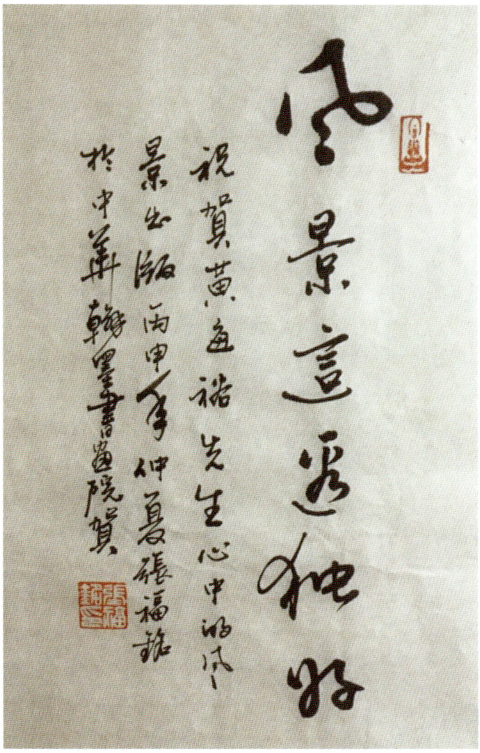

中华翰墨书画院院长张福铭题词

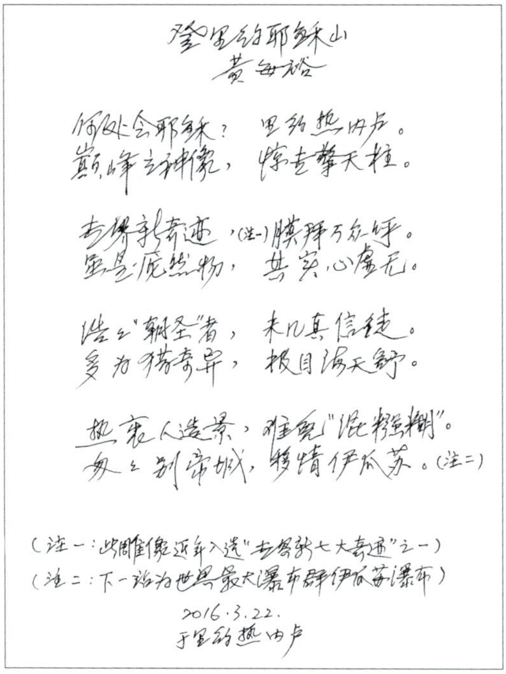

登里约耶稣山
黄海裕

何处会耶稣？里约热内卢。
巅峰立神像，惊去擎天柱。

世界新奇迹，(注一)膜拜万众呼。
实是庞然物，其实心虚无。

浩浩"朝圣"者，未几真信徒。
多为猎奇异，极目海天舒。

热衷人造景，难免"混糨糊"。
匆匆别帝城，移情伊瓜苏。(注二)

(注一：此雕像近年入选"世界新七大奇迹"之一)
(注二：下一站为世界最大瀑布群伊瓜苏瀑布)
2016.3.22.
于里约热内卢

作者手笔（正文见第113页）

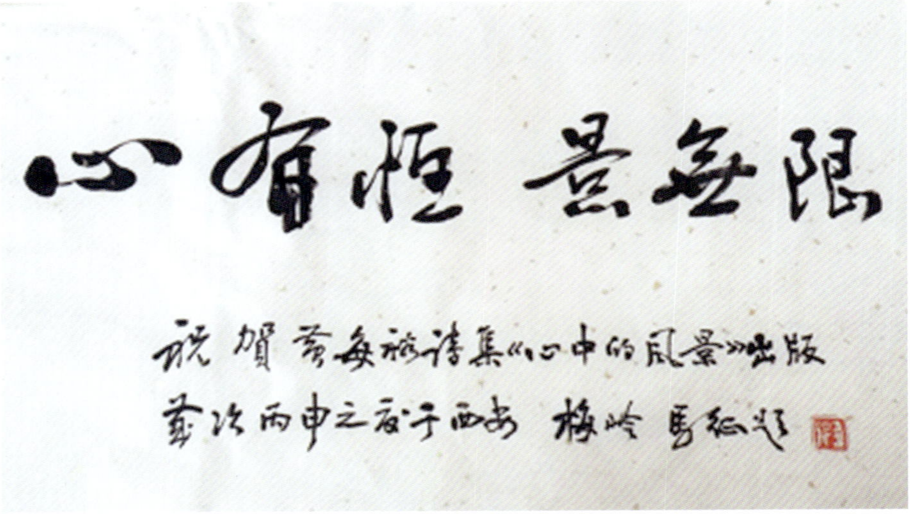

中国书法家协会会员、著名书法家马征题词

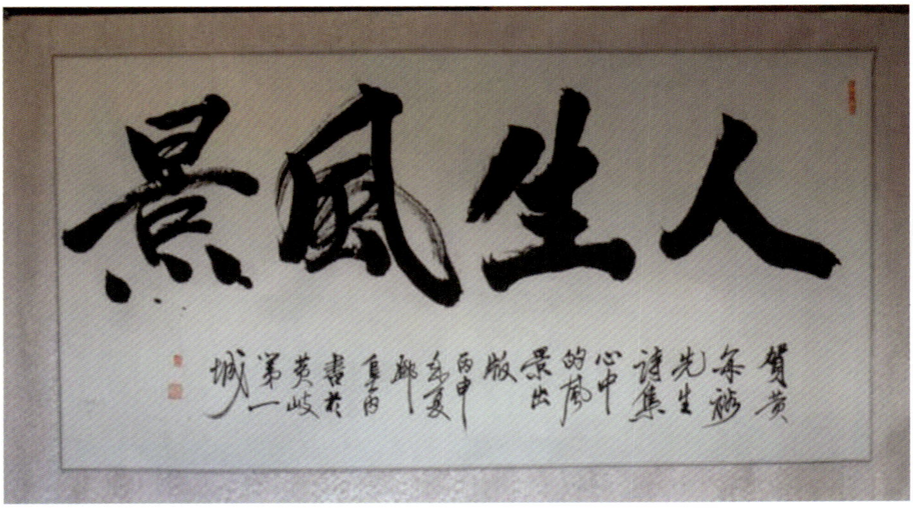

中国炎黄艺术协会理事、广东省书法家协会会员邓阜炳题词

诗言志　景言情（代序）

我不是诗人，居然也出版了这本诗集。而且，150 多篇作品都是在“七〇后”短短几年时间内写成，可谓“高产”也。有人以为我是在“赶潮流”“玩跨界”，其实不然。说真的，我毕竟也是个资深文化人，在此之前，已先后出版了 8 本书，共计 200 多万字。虽然都是新闻、散文、游记和文艺作品之类，不是专门的诗歌集，但其中也有一些诗歌。几十年来，我一直搞业余文艺创作，写了不少快板、快书、对口词、小演唱、小歌剧等舞台表演的作品，其中的唱词就很像诗歌，特别是在韵律方面，我已掌握了一些基本功，所以说，写诗歌并非完全是“门外汉”。

然而，促使我加快“跨界”、出版诗集的原因，有两个方面。主观来说，近年来我对“诗言志”的理解更宽泛、深刻了，把凡是能够“言志”、形式上又与诗歌相似的文字，都视为“诗歌”。这意味着门槛降低了，束缚减少了，可放开手脚写诗歌了。而客观方面，近年来我出外旅游的机会更多，在写游记的同时，也搞些“副业”——写诗歌。如今有了微信，更可助我一臂之力，随时把所见、所闻、所感写成短诗，发到“朋友圈”，进行“现场直播”，这让我“上了瘾”，乃至一发不可收拾。在这 150 多首诗歌中，除了真正“写景”的之外，还有一些是“以事言情”的。我认为，此类“言情诗”也属于一种特殊的“风景”，是蕴藏在内心的“无形风景”。所以我也把它们纳入此诗集之中。这样一来，诗集的内容便分成两部分，第一部分谓之“缤纷世界”，是描写“真风景”的；第二部分谓之“七彩情怀”，则是借事抒情，描写“无形的风景”。

近日偶然读到某报刊一篇题为“诗词悟”的文章，观点与我似乎不谋而合，或许能为我热衷于写“旅游诗”找到“理论依据”。该文：“诗词不是为了存在而存在的，而是随心灵与自然的交融而生……它是人们精神情感的自然流露。”又说：“诗词是生活的影子，是情感的产物。诗词需要载体，就仿佛瓷的白透需要清茶的映衬。生活孕育了诗，也承载着诗……”我认为这些话说得很在理。不是吗？我把寄情于山水之间而发现的美景，或在日常生活中发现的“心灵景点”，以诗的语言和形式把它表达出来，不正是“随心灵与自然的交融而生”的“精神情感的自然流露”吗？也正因为大自然及社会生活中的“景物”激发了我的灵感，孕育了我的诗意，才有这些诗作的问世。反之，我的人生经历也承载着这些诗词。

上面提到，我出身于“草根”阶层，诗作大多脱胎于业余习作，理应归入“下里巴人”之列，而绝非“阳春白雪”。然而我想，“下里巴人”也有其独特的风格与情趣，也会受到某些读者群体的欢迎。正如我一位并非文艺青年的侄孙直率地点评说：“我叔公的诗歌很像民谣，浅显易懂，朗朗上口，我特别喜欢。”可见，“萝卜青菜，各有所爱”。我在旅途中通过微信第一时间发到朋友圈的那些应景之作，也颇受大家欢迎，反馈大多很正面。

人们常说：“文如其人。”我的性格一向比较直率、真诚，心里藏不住事，因而反映在诗作上的内容与情感也很透明、干净，让人一目了然，畅快淋漓。我最讨厌那些太过隐晦、味同嚼蜡、自恃清高的“大作”，宁可被人批评我“诗意太显露，词句太浅白”，也不搞故弄玄虚、无病呻吟那一套。

有道是“初生牛犊不怕虎”。我没有受过正规诗词写作的训练，全凭业余“偷师”，向他人学习，因而写作知识不系统、不丰富，甚至不规范。但从另一角度来看，却少了很多束缚，从而造就了我“天马行空”的风格。不管是什么形式的诗，如四言、五言、六言、七言、自由体等等，我都肆无忌惮地涉猎，大胆地实践。说真的，古体诗词是我的最短板，在极其有限的尝试性作品中，难免有不规范甚至错误之处，敬请各位读者、老师多多批评指正。

说到这本诗集的编排，整体内容分为两大部分，大都是以创作时间为顺序。这样也许还有个好处，即可以起到日记的作用，便于回忆。一旦有需要回首往事时，查一查自己何年何月何日身在何方干了何事，只要一翻开这本诗集，就一目了然。此外，为了增强“旅游诗”的特色，适应现代人的阅读兴趣，吸引人们的眼球，我在诗集中插入了不少彩照，尽量做到“有情有景，图文并茂”，让人有身临其境之感，好像跟随着我去旅游了一般。这也算是我匠心独运的一点创意吧！

黄每裕

2016 年 9 月 1 日

[目 录]

Contents

◎ 诗言志　景言情（代序） / 001

◎ 第一部分　缤纷世界

1　休闲到澳门 / 003
2　游德天瀑布 / 004

【金秋放歌·自驾游组诗】

3　橘子洲头（之一） / 005
4　汉川汈汊湖随感（之二） / 006
5　江城访名校（之三） / 007
6　重访武汉感言（之四） / 008
7　赞徽派建筑（之五） / 009
8　富阳礼赞（之六） / 010
9　游千岛湖（之七） / 011
10　咏扬州瘦西湖（之八） / 012
11　过杭州湾大桥（之九） / 013
12　初访温州（之十） / 014
13　厦门印象（之十一） / 015
14　夜宿汕头（之十二） / 016
15　旅游回来了（之十三） / 017

16　猎　艳 / 018

【海南行·组诗】

17　游海口五公祠（之一） / 019
18　重返“前线”（之二） / 020
19　“娘子军”与“海上观音”（之三） / 022
20　三亚多“候鸟”（之四） / 023
21　临高角抒怀（之五） / 024

22 临高有“怪景”（之六） / 025

23 白云山登高（两首） / 026
24 玫瑰花开 / 027
25 寻常簕杜鹃 / 027
26 香港，你好吗 / 028
27 “挂绿”情思 / 029
28 沙湾随想 / 030
29 重游罗浮山（三首） / 032
30 清明节“新景”（两首） / 034

【南方五省区自驾游·组诗】
31 一路春风到南宁（之一） / 035
32 百色巨变（之二） / 036
33 首访文山药乡（之三） / 037
34 建水古城美（之四） / 038
35 普洱茶飘香（之五） / 039
36 重游西双版纳（之六） / 040
37 热带雨林的传奇（之七） / 041
38 古黔新貌（之八） / 044
39 登梵净山（之九） / 045
40 见怪不怪（之十） / 046
41 风雨伴归程（之十一） / 049

42 莲花山上谒小平 / 050
43 火锅免“自助” / 051

【英伦之旅·组诗】
44 英伦生态美（之一） / 052
45 “英式”雨景（之二） / 053
46 英伦无三岛（之三） / 054
47 伪球迷也疯狂（之四） / 055
48 伦敦之印象（之五） / 056
49 爱情小镇（之六） / 057
50 参观大学城（之七） / 058

51 格林尼治传奇（之八） / 059
52 告别英伦（之九） / 060

【神州九省自驾游·组诗】
53 赞永州（之一） / 061
54 江城“新景”（之二） / 062
55 初访新乡（之三） / 063
56 从南太行到济南（之四） / 064
57 泰山，不登也罢（之五） / 065
58 车过胶州湾（之六） / 066
59 青岛·我爱（之七） / 067
60 但愿山东真好客（之八） / 068
61 合肥谒包公（之九） / 069
62 三访滕王阁（之十） / 070
63 浓浓战友情（之十一） / 071

64 五赞新加坡 / 072
65 狮城感怀 / 074
66 南沙“巨无霸” / 075
67 崖门古炮台遐思 / 076
68 “艳遇” / 077

【西行放歌·组诗】
69 水调歌头·三晋览胜（之一） / 078
70 雁门关感怀（之二） / 079
71 云冈石窟（之三） / 080
72 登北岳恒山（之四） / 081
73 悬空寺奇观（之五） / 082
74 冬游五台山（之六） / 083
75 应县木塔（之七） / 084
76 晋祠“三宝”（之八） / 085
77 草原之憾（之九） / 086
78 大漠金山（之十） / 087

79 见识“新土豪” / 088

【彩云之南 · 组诗】
80 云南，我跟你没完（之一） / 089
81 来到“孔雀之乡”（之二） / 091
82 “天涯地角”（之三） / 092
83 凭吊“国殇墓园”（之四） / 093
84 金色银杏村（之五） / 094
85 和顺侨乡美（之六） / 095
86 遭遇无良导游（之七） / 096

【越南之旅 · 组诗】
87 三访越南（之一） / 097
88 畅游下龙湾（之二） / 098
89 巴亭广场遐思（之三） / 099

90 新年登衡山 / 100
91 艳阳照花城 / 100

【河南郑州之旅 · 组诗】
92 中原雾霾大（之一） / 101
93 黄河了字歌（之二） / 102
94 谒黄帝故里（之三） / 103

95 春节回乡拜年 / 104
96 春满厅堂 / 105
97 春游到贺州 / 106
98 黄姚古镇 / 107
99 姑婆山 / 108
100 “南国桃园”赏桃花 / 109

【南美四国之旅 · 组诗】
101 飞到遥远的巴西（之一） / 110
102 畅游亚马孙河（之二） / 112
103 登里约耶稣山（之三） / 113
104 巴西啖烤肉（之四） / 114
105 壮哉，伊瓜苏（之五） / 115
106 来到“世界尽头”（之六） / 116

107 大冰川奇观（之七） / 117
108 马丘比丘的辉煌（之八） / 118
109 街头雕塑剪影（之九·四首） / 119
110 快乐的购物狂（之十） / 121

111 从化温泉偶拾 / 122
112 游佛山祖庙 / 123
113 端午赛龙舟 / 124
114 好　奇 / 125
115 送别台风 / 126
116 游东莞观音山 / 127
117 试比高 / 127

【以色列、约旦旅游·组诗】
118 戈兰高地遐想（之一） / 128
119 域外过中秋（之二） / 129
120 死海奇观（之三） / 130
121 哭墙哀思（之四） / 131
122 问上帝（之五） / 132

◎ 第二部分　七彩情怀

1 老来风流添活力 / 135
2 喜当“七〇后” / 136
3 古稀再续新篇 / 137
4 吃　面 / 138
5 寻文启事 / 139
6 吃　斋 / 140
7 七绝和诗（两首） / 141
8 新年晒幸福 / 142
9 书香飘故乡 / 142
10 感悟微信 / 143
11 “度日如年”新解 / 144
12 赞挚友 / 145
13 送孙女赴美求学 / 146
14 贺中秋，干杯酒 / 147

15　番薯“寿宴”　/ 148
16　体检对联　/ 149
17　相聚“情人节”　/ 150
18　微商达人　/ 151
19　五星车联网创辉煌（藏头诗）　/ 152
20　人生风景最壮美　/ 152
21　机关新气象　/ 154
22　贺潘母百岁大寿　/ 155
23　“1+1>2”的传奇　/ 156
24　心想事成　/ 157
25　论“心态”　/ 158
26　父亲节感怀　/ 159
27　我们不老啊（歌词）　/ 160
28　神奇百草油　/ 161
29　香江神农新一辈　/ 162
30　源本的力量（歌词）　/ 163
31　神　针　/ 164
32　踏平巅峰　/ 165
33　再踏征途　/ 166

◎ **后　记**　/ 167

Part 1

[第一部分]

缤纷世界

1

休闲到澳门

N次到澳门，
无心恋赌场。
纸醉金迷地，
灯红酒绿香。

休闲调心境，
诱惑自能防。
日赏莲花①艳，
夜观霓虹墙。

鱼龙混杂处，
黑帮好猖狂。
回归十五载，
社会得安详。

国人“自由行”，
悠然过濠江。
旅游旺经济，
妙手著文章！

(2014.10.15)

澳门“大三巴”

澳门“新葡京”酒店

注①：莲花是澳门特别行政区的区花。澳门政府在滨海地区建立了一个莲花广场，竖立了一座巨型“金莲花”雕像，成为国内外游客必到之处。

2

游德天瀑布

久闻德天瀑布，
今日踏上旅途。
濒临中越边境，
游客挤满山路。

蜿蜒溪水如练，
引人通达幽处。
忽见奇峰突起，
疑是桂林疆土。

德天瀑布

徒步进入景区，
隐约听闻天鼓。
循声张望远方，
但见飞流倾注。

趋前崖边探胜，
瀑布全貌尽睹。
“天幕”横挂百丈，
水濂海啸山呼！

中越边境商业街

银河直泻溪涧，
变幻彩虹云雾。
深潭外泛轻舟，
游客跨境追逐。

此乃天然胜景，
绝杀同类无数。
若为瀑布排名，
龙头非它莫属！

（2014.9.1）

橘子洲头

老者北行到长沙，
橘子洲头论风华。
江边高楼倒影美，
湘水桅帆映浪花。

巨型雕像[①]洲头立，
气势磅礴英姿飒。
催人奋力增斗志，
继续革命阔步跨。

江山代有人才出，
祖辈橘树发新芽。
洲堤垒石根基固，
何惧绿岛浪摧垮！

人民写就英雄史，
不信神仙与菩萨。
携手共圆中国梦，
满腔热情又出发！

(2014.10.22)

橘子洲头竖立的毛泽东青年时代雕像

橘子洲头一景

注①：指毛泽东青年时代的巨型雕像。

汉川汈汊湖随感

江汉平原梦萦牵，
汈汊湖中赏残莲。
万顷秋水连天际，
一叶轻舟荡向前。

泛舟汈汊湖

莫道荷花已凋谢，
秋高气爽啖湖鲜。
主人盛情迎远客，
藕香鱼肥蟹肉甜。

湖中一景

湖边远望天地阔，
触景生情忆当年。
湖汊曾是游击地，
李军[1]神兵把敌歼。

一望无际的秋荷

得天独厚大湿地，
可惜多半已造田。
历史教训应记取，
莫图近利毁家园。

秋景清凉留悬念，
映日荷花待来年。
风物长宜放眼量，
他朝再做“活神仙”。

(2014.10.23)

注①：指当年在此率兵战斗的李先念军长。

江城访名校

武汉理工大学一景

武汉理工大，中国名学堂。
夜幕降校园，闯进“七匹狼”①。
本是草民客，何故惊校方？
教授笑脸迎，校长也登场！
皆因“狼群”中，有位雷国梁。
知名老校友，回校会“亲娘”。
更有同行者，“企大”②潘英棠。
席间赠新书，师友喜若狂。
校长表敬意，《舍得》③要珍藏。
盛赞潘老总，事业创辉煌。
昔日穷出身，乡下放牛郎。
拼搏改命运，崛起靠自强。
社会读“大学”，成材作栋梁。
一介小学生，万言著华章。
赠予大教授，意义非寻常！
此乃一“奇景”，佳话四海扬！

(2014.10.24)

武汉理工大学一景

注①：“七匹狼”指我们一行七条汉子。

注②：粤语“企”乃“站立”之意。形容家穷无凳子坐，从小站到大，故称“企大”。与此同时，粤语的“企大”与“暨大”（暨南大学）同音，有自我调侃“暨大毕业”之意。

注③：指潘英棠出版的《舍得人生》一书。

重访武汉感言

武汉三镇大排场，
日新月异“摊饼”①忙。
桥隧纵横飞天堑，
高楼拔起证辉煌。

武汉一景

喧嚣数载江城闹，
满目疮痍尘土扬。
百姓皆怨无宁日，
不知何年得安详？

武汉东湖

投资慷慨大手笔，
天文数字难估量。
今朝佳绩博美誉，
他日巨债谁来偿？

来去匆匆皆过客，
“旁观者清”却迷茫。
身临“全国大工地”，
是喜是悲费思量。

(2014.10.25)

注①：人们把过热的基建工程讥讽为“摊大饼”。

赞徽派建筑

辞别江城坑洼路，
驶上“高速”新坦途。
前站标示黄山市，
千里风光入画图。

九江名城人皆赞，
喜看新桃换旧符。
景德、婺源添美景，
山清水秀珠连珠。

屯溪古镇添新韵，
徽派楼宇耀眼目。
灰瓦白墙马头檐，
栋栋“豪宅”平民住。

走南闯北见识广，
阅尽城池千万处。
尤赞此地琼楼美，
悠扬赞歌洒一路！

（2014.10.26）

黄山老街

富阳礼赞

2014年10月中旬，与战友江熙等一行来到浙江省富阳市（今为富阳区，属杭州市）旅游访友，受到好友董文淦等的热情接待，亲自陪同参观游览，十分感动，特赋诗一首以表谢忱。

金秋时节访富阳，
柳绿花红枫叶黄。
富春江畔会挚友，
山居草舍谒画王①。

人杰地灵天赐福，
好山好水遍宝藏。
荣膺全国“百强县”②，
经济腾飞美名扬！

昔日乡儒柳亚子③，
名门望族誉中央。
今朝公仆继传统，
带领社群奔小康。

羊城来客多感悟，
惊叹他乡胜故乡。
但愿富春连珠水，
浙粤携手创辉煌！

（2014.10.26）

富春江畔

注①：指历史名画《富春山居图》作者黄公望。
注②：富阳连续多年被评为全国县域经济“百强”之一。
注③：柳亚子是著名的爱国民主人士，当年毛泽东曾力邀其赴京任要职。

游千岛湖

人间仙境千岛湖①，
魂牵梦绕众“寻呼”。
今日有幸赏碧水，
融入淳安作画图。

群舟游弋来回渡，
鱼贯登临三明珠②。
景观各异饱眼福，
神韵纷呈感悟殊。

寓教于游看龙山，
海瑞史迹详展布。
一代清官兼孝子，
万民敬仰感肺腑。

穿梭索道上梅峰，
极目千屿海天舒。
最是逍遥渔乐岛，
观鱼戏水逐东吴……

夕阳霞光照凯旋，
欢声笑语洒归途。
齐赞祖国山河美，
愿为旅业鼓与呼！

千岛湖上国旗飘

游船频繁往来于各岛之间

(2014.10.27)

注①：千岛湖位于浙江省的淳安县境内。
注②：“三明珠”指“龙山”“梅峰”“渔乐”三个湖中小岛。

10 【金秋放歌·自驾游组诗】之八

咏扬州瘦西湖

瘦西湖正门

瘦西湖一景

天下西湖皆“富秀”，
唯有扬州西湖瘦。
金秋十月访古城，
却见春色绿街头。

柳丝垂帘蘸碧水，
艳菊[①]似锦“滚绣球”。
曲径回廊通幽处，
情侣悠然荡轻舟。

李白当年辞故友，
孤帆远影空悠悠。
今日七旬“徐霞客”[②]，
意气风发壮志酬。

游罢西湖方醒悟，
原来此湖美在“瘦”。
名城之魂见一斑，
神州缩影是扬州！

(2014.10.28)

注①：此时正值扬州举办菊花展览会。
注②：作者自许当年的游侠徐霞客。

过杭州湾大桥

一桥飞架杭州湾，
七十二里跨巨栏。
双向车流闪电过，
南北穿梭眨眼间。

“海天一洲”平台阔，
凭塔远眺望平川。
两岸滩涂成宝地，
波涛隐退好耕田。

雄伟的杭州湾大桥

今生过桥数不尽，
唯见此桥最壮观。
浩大工程举世赞，
“天下第一”美名传！

中华崛起多奇迹，
星火闪耀似燎原。
复兴大业指日待，
东方巨龙梦能圆。

大桥铺就阳关道，
万马奔腾更加鞭。
抖擞精神“奔驰”[①]快，
一日千里永向前！

(2014.10.28)

注①：我们乘坐的是“奔驰”七座旅行车。

初访温州

久仰温州恋意浓，
无奈初访却匆匆。
凭临夜色观街景，
倍感此地超繁荣。

温州市中心（图片来自网络资料）

温州模式誉全国，
无愧改革急先锋。
民营经济火车头，
钱庄兴旺促融通。

温州精神世代传，
东方"犹太"耀祖宗。
能吃人间苦中苦，
敢摘星星缚蛟龙。

温州市一座独特的海上建筑（图片来自网络资料）

温州种子播环宇，
世界角落有其踪。
初到温州留好感，
竟把他乡当广东！

（2014.10.29）

厦门印象

厦门好，
盛开改革花。
经济大腾飞，
跨越千里马。

厦门好，
高楼映彩霞。
金门对岸望，
两地融一家。

厦门好，
可惜管理差。
旅游市场乱，
游客被敲诈。

鼓浪屿，
昔日重文化。
如今惜变味，
商圈乱如麻。

登岛难，
正规船拒客。
"野鸡"① 无忌惮，
疯狂把客拉。

日新月异的厦门城市建设

更可恨，
"黑导"② 漫天价。
公然来勒索，
"土豪"都吓怕！

提建议，
政府揭疮疤。
整顿不留情，
狠把歪风煞！

(2014.10.29)

注①："野鸡"指非正规旅游公司。
注②："黑导"指无证导游。

14 〖金秋放歌·自驾游组诗〗之十二

夜宿汕头

万里路程自驾游，
最后一站到汕头。
虽说家门已不远，
依然做客暂停留。

暮色降临华灯亮，
霓虹溢彩不胜收。
特区新貌令人羡，
更喜盛宴“快活楼”[①]。

宴罢驱车过海湾，
直往潮阳方向走。
无奈海门变小道，
摸黑疑进荒山沟。

汕头市区夜景

超豪华的汕头裕通国际大酒店

莫非今夜“打游击”，
忆苦思甜当“野猴”？
谁知山穷水尽处，
拔地而起一高楼。

五星酒店名“裕通”[②]，
豪华气派超一流！
服务标准国际化，
同行称赞不绝口！

老夫不禁发感慨，
惊叹世界变化骤。
昔日“南蛮”穷乡下，
如今竟然这么牛！

(2014.10.31)

注①：当晚有朋友在汕头著名的“快活餐厅”设宴款待我们一行。
注②：新建的“裕通国际大酒店”，在汕头潮阳区的海门镇，有如鹤立鸡群。

旅游回来了

七旬“小伙”不服老，
万里自驾乐逍遥。
行色匆匆将半月，
时间不知哪去了？

周游八省多感悟，
眼界大开亮心窍。
见闻犹读万卷书，
天地豁然开阔了！

美好河山令人醉，
陶冶情操品自高。
身心愉悦精神爽，
往日疲态不见了。

心灵慰藉如春风，
烦恼抛到九重霄。
安抵家门忙报喜：
“快活神仙”回来了！

广州珠江新城临江大道

广州中山纪念堂

(2014.10.31)

16

猎　艳——游广州南沙“百万葵园”

久闻百万葵园，
今日方得一见。
果然艳丽妖娆，
仙境疑落人间。

昔日葵花独放，
今朝群芳争妍。
更添国外奇葩，
众人皆叹罕见！

爱美之心皆有，
无忌寻芳猎艳。
何处柳暗花明？
记住“南沙名片”。

宾客霓裳如锦，
欢声笑语连连。
谁说生活乏味？
此处遍地神仙！

（2014.11.15）

百万葵园一瞥

游海口五公祠

久欲赴琼谒五公①，
心怀虔诚脚步匆。
唐宋名相立碑处，
百姓敬神颂其功。

忠臣被贬志不改，
献身为民真英雄。
凛然正气化甘露，
润泽海南伟业丰。

五公精神昭日月，
千载忠烈斥罴熊。
为官像前忙思过，
黎民对斯自整容。

胜景感人犹企盼，
今朝反腐鸣警钟。
六公七公接踵出，
何时安立古祠中？

海口五公祠大门口（图片来自网络资料）

五位忠臣塑像立于祠堂中（图片来自网络资料）

(2014.12.17)

注①：指为纪念曾被贬谪海南的五位忠臣而建的“五公祠”。在这座有400多年历史的古祠内，矗立着唐朝名相李德裕，宋朝名相李纲、李光、赵鼎以及名臣胡诠的神位与雕像，世代后人皆膜拜。

重返“前线”

历史风云变幻，
转眼五十二年。
想当年，
我刚从中专学校毕业，
来不及分配工作，
便毅然穿上军装，
奔赴海南前线。

五指山上战云密布，
台湾海峡风急浪险。
守岛官兵同仇敌忾：
“一定要解放台湾！”

每天，摸爬滚打，
训练、训练、训练；
每周，风餐露宿，
军演、军演、军演……

谁能想到，
一班娇嫩的“学生兵”，
竟能经受血与火的洗礼！
谁又敢相信，
这伙懒散的“少爷兵”，
竟能熬过生与死的考验！

高山丛林练神兵，
我们是援越抗美的“刀尖”。
围剿九股台湾空投特务，
我们把血汗洒在吊罗山……

天涯海角，
留下我们深深的足迹；
万泉河水，
映出我们赤诚的肝胆。
革命熔炉炼精钢，
千难万险只等闲！
两年多宝岛“淬火”，
积攒下多少精神财富，
一辈子也用不完！

此刻，
我回到当年的旧军营，
心潮澎湃，似巨浪翻滚！
眼前虽是荒草萋萋，

军区某部营房

残墙瓦砾，废墟一片，
但我分明听到，
嘹亮的军号声，
萦绕在耳边；
我还仿佛看到，
炊事班的灶台上，
升起了袅袅炊烟……

原 128 师 383 团团部礼堂

抚今追昔，浮想联翩，
万千思虑夜无眠。
君不见，
太平洋上不太平？
圣诞之夜闻“圣战”！
太平盛世更要提高警惕，
绝不能把刀枪入库，
马放南山！

七五炮连旧营房

老骥伏枥，志在千里，
古稀战士斗志弥坚！
我愿永远当一名
忠诚的人民卫士，
随着祖国一声召唤，
穿上军装，策马扬鞭，
奔赴战斗的最前线！

（2014.12.18）

19 【海南行·组诗】之三

"娘子军"与"海上观音"

现今海南岛有两座雕像颇负盛名，一座是位于琼海市嘉积镇的"红色娘子军"，另一座是位于三亚南山景区的"海上观音"。然而，两者人气反差甚大，一冷一热的情景令人感慨不已。

海南旅业万象新，
星光熠熠诱游人。
最是难忘两胜景，
观后百感集一身。

琼海街头英雄像，
飒爽英姿娘子军。
三亚南山建神坛，
百米观音海上升。

两个景观皆震撼，
敬仰膜拜各由人。
谁料"粉丝"太悬殊，
冷热反差天地分。

英雄形象虽高大，
只因日久蒙灰尘。
处身闹市成孤影，
路人"熟视"少问津。

反观南山观音像，
香火鼎盛客如云。
一"神"带来百业旺，
商贾佛家钵满银。

此事想来有意味，
个中启示说纷纭。
何以弘扬正能量？
且待拭目看新闻。

琼海街头的红色娘子军雕像

三亚南山景区的"海上观音"

(2014.12.19)

三亚多“候鸟”

三亚海滨夜景

“候鸟”们在跳广场舞

海南冬日暖，
琼崖迎“候鸟”。
北国“金凤凰”，
南飞栖宝岛。
暂别冰雪地，
拥抱天涯潮。
“大军”数十万，
置业筑“新巢”。
荒野成闹市，
处处“迪斯科”①。
催旺房地产，
旧城换新貌！

“候鸟”八方来，
南腔加北调。
大妈广场舞，
沙滩狂热跳。
椰林月色下，
欢歌伴海涛。
文化大融合，
万国旗飘飘。
如此新景象，
举世也难找！

回想卅年前，
改革掀浪潮。
“孔雀东南飞”，
打工求温饱。
尝尽千般苦，
恰如落荒逃。
如今天渊别，
贵族品位高。
凤凰栖良木，
“候鸟”皆富豪。
不再为生计，
只为乐逍遥。
此情足可见，
国强民富饶。
见者皆惊叹：
时代不同了！

(2014.12.20)

注①：比喻像“迪斯科”歌厅那样热闹，人气甚旺。

临高角抒怀

1950年4月16日，中国人民解放军强渡琼州海峡，一鼓作气解放了海南岛。当时部队就是从临高角登陆的。渡海之战成为我军一典型战例，载入史册。今天，我作为当年参加渡海战斗的128师的一名后辈（退伍老兵），到访旧战场，心情万分激动，特赋诗以纪念。

琼州海峡浪滔滔，
“攻坚老虎”①伏波涛。
木船打败敌军舰，
光辉战史列“头条”！

临高登陆追穷寇，
直捣天涯势如潮。
红旗插上五指山，
凯歌高奏冲云霄！

昔日荒滩今变样，
战地新辟临高角。
雄师雕像耸天立，
陵园忠魂世代朝。

古稀老兵仰先辈，
膜拜英雄胆气豪。
烈士精神鼓斗志，
为国再立新功劳！

（2014.12.21）

临高角解放公园

“渡海先锋”英雄塑像

注①：128师被称为“攻坚老虎师”，是一支从东北打到海南的英雄部队。

新建的仿古牌坊（图片来自网络资料）

临高有“怪景”

仿古牌坊近景（图片来自网络资料）

来到临高，忽见近百座新建的仿古牌坊排列于公路一侧，延绵数里，蔚为壮观。可惜不伦不类，劳民伤财，与“全国贫困县”的氛围极不协调。

“国际旅游岛”，
海南热气高。
处处建奇景，
良莠如花草。
临高多“创意”，
豪气冲云霄。
牌坊两公里，
猎奇仿古造。
路人皆惊叹，
不明啥门道？
文化无渊源，
典故更缥缈。
凭空造“历史”，
决策拍大脑。
不伦又不类，
堪比“江湖佬”。

奇景虽壮观，
游客却稀少。
景区如废墟，
四周长荒草。
耗资一亿三，
无辜打水漂！
可怜贫困县，
如此把钱烧。
烧钱不心痛，
贪官摆“功劳”。
批建新项目，
雁过要拔毛。

上演“讽刺剧”，
官场好热闹。
牌坊题词多，
权贵争挥毫。
管它“鬼画符”，
照样梁上雕。
既能留“芳名”，
又把红包捞。
谁知天有眼，
恶人有恶报。
工程未剪彩，
贪官进监牢！

此等荒唐事，
全国知多少？
临高充典型，
深刻作检讨。
教训尤记取，
切勿再“发烧”。
摒弃歪“奇葩”，
“怪景”莫再造！

(2014.12.22)

23

白云山登高（两首）

2014年12月31日，相约李仲宏、王广雄两战友同登广州白云山，寓“辞旧迎新，登高转运”之意。其时，身倚“天南第一峰”牌坊，灵感顿生，乘兴赋诗两首，抒发豪情。

白云山山顶公园

擎　天

白云悠悠绕山间，
龙泉汩汩沐五仙。①
明知摩星②非大岳，
我不作柱谁擎天？

白云山上“天南第一峰”牌坊

高　攀

新年转运上云山，
摩星屹立天地间。
闻讯我来忙俯首，
笑迎好汉勇高攀！

（2015.1.28）

注①：白云山上有一股泉水谓之“龙泉”。“五仙”即五羊仙，羊城也。
注②：白云山的顶峰谓之“摩星岭”。

24

玫瑰花开

我家阳台上绽放的硕大玫瑰花

我家玫瑰今又开，
依然独放在阳台。
似是孤芳嫌寂寞，
笑迎春暖百花来！

(2015.1.28)

25

寻常簕杜鹃①

频繁盛开的簕杜鹃花

此花本不高雅，
偏爱寻常人家。
沐浴阳光雨露，
落地生根发芽。

随意插枝半载，
竟绽满树红花。
粗生粗长粗养，
却以美丽报答。

感慨杜鹃有情，
做人理应学它。
此亦吉祥之兆，
喜迎盛世年华！

(2015.11.9)

注①：2015 年春节回增城老家拜年，见侄儿家有棵簕杜鹃花繁叶茂，遂“眼见心谋”，截其枝 20 公分带回广州，插植于家中阳台的花盆中。没想到仅半年多时间便开枝散叶，秋来更绽放满树鲜艳红花，真乃好兆头也！

26

香港，你好吗

几年没去香港了，
当我再次跨过罗湖桥，
心情不免忐忑，
步履显得有些沉重。
眼前的风景，
既清晰，又朦胧。

是的，不久前，
这里曾上演一出“占中”闹剧，
好端端的“人间天堂”，
变得鸡犬不宁，
芸芸众生，
忧心忡忡。
如今，风潮虽已平息，
但我不知道，
劫后是否还有“后遗症”？
“天之骄子”会不会被毁了容？
谢天谢地，
“沉舟侧畔千帆过”，
风雨过后见彩虹！
东方之珠依然璀璨夺目，
亚洲小龙更加八面威风。
从港岛、新界、九龙，
到旺角、中环、金钟，
映入眼帘的，
都是祥和景象，
交通顺畅，车水马龙，
“自由行”的游客纷至沓来，

从太平山上俯瞰香港的“石屎森林”

紫荆花广场留影

摩肩接踵，人潮汹涌……
好一派勃勃生机，
好一个购物天堂，
超级的兴旺繁荣！
“港人治港”坚定不移，
“一国两制”岿然不动！
爱港护港的坚强信念，
早已牢牢扎在民众心中！

终于，我释怀了，
深感此行十分值得，
收获甚丰！
当我满怀信心踏上归途，
跨过罗湖桥的时候，
不禁健步如飞，
如沐春风……

(2015.2.3)

27

“挂绿”情思

我的家乡广州市增城区，盛产岭南荔枝，是著名的荔枝之乡，其中有一棵名叫“挂绿”的荔枝树，乃天下珍品，就在我读中学时的母校内，故对其有深深的记忆与感情。2015 年 3 月 13 日，我再次回到“挂绿园”，见它依然花繁叶茂，预示着又一个好年景，于是，感慨之余写下此诗篇。

神奇挂绿树，
仙荔天下殊。
果红绕绿带，
啖肉如蜜注。
增城负盛名，
世上独一株。

神奇挂绿树，
早年曾凋枯。
许是灵气现，
濒死又复苏。
新苗破土出，
茁壮胜老树。

神奇挂绿树，
见证读书苦。
如今成游子，
更念故乡土。
今日访旧地，
激情盈肺腑！

学习挂绿树，
焕发青春路。
珍惜好年华，
跃马上征途。
天涯有芳草，
不及斯如故。

“挂绿”新生代，繁花应节开

(2015.3.14)

28

沙湾随想

大年初四，驱车到番禺给朋友拜年，之后乘兴来到“第二故乡”沙湾游览，但见古镇面貌焕然一新，甚为感慨，浮想联翩，随即作诗一首。

很多时候，
刻意寻觅美景，
但美景总是很遥远；
很多时候，
着力追寻奇迹，
可奇迹偏偏没发现。
其实，只要你有心，
美景就在你眼前；
真的，如果你有眼光，
奇迹就在你身边！

沙湾正是如此，
美景、奇迹俯拾皆是，

沙湾古镇一角

但过去给我的印象
却只是普通一个乡镇，
甚至只见残垣一片。
尽管我曾在此“蜗居”，
多少次进出其间，
穿越窄街古巷，
但总如匆匆过客，
对诸多文物古迹
熟视无睹，
视而不见，
一如过眼云烟……

如今，
古镇面貌焕然一新，
给我的印象
亦随心境而变。
映入眼帘的尽是瑰宝，
一切景物都很新鲜！
你看——
那岭南特色的
青砖大屋，
多么高雅亮丽；
那麻石铺就的
大街小巷，
逶迤曲折，通幽八面。
那悠扬的广东音乐，
在祠堂院落中传出，

绕梁三日，久久回旋。
就连见证科举制度的“留耕堂”，
也显得格外庄严肃穆。
还有闻名遐迩的“姜撞奶”，
品尝之后，
倍觉嫩滑香甜……

显然，
沙湾古镇已焕发青春，
只怪我认识依然很肤浅。
如今，
“熟客游故地”已成风尚，
早已不是新闻，
本身就是一道
新的风景线！
此刻，
我如痴如醉，
尽情欣赏“故乡”的胜景，
目不暇接，流连忘返，
期待有更多的奇迹，
被我悄然发现……

沙湾“留耕堂”前留影

漫步在沙湾古镇的街巷上

（2015.2.23）

29

重游罗浮山（三首）

乙未年正月初九，乘春节之余兴，我与几位战友重游罗浮山，并拜访了千年古寺华首台的信持印得大师，目睹景区欣欣向荣的景象，甚为欣慰，特赋诗以纪念。

人　潮

羊年好时运，
罗浮万木春。
佳节虽已过，
依然客如云。
景区添广场，
气势山河吞。
山路车流涌，
长龙摆大阵。
古观与新寺，
香火热气腾。
旅游诸业旺，
百姓得欢欣。
祝福国运昌，
天助中国人！

众僧诵经

香　火

千年华首台，
古寺焕青春。
新岁吉星照，
人气更沸腾。
香火尤鼎盛，
经鼓十里闻。
我本不谙佛，
但敬虔诚君。
窃笑众僧侣，
法事也创新。
诵经唱《天路》[①]，
梵音曲调真。
可惜烟霾漫，
污染与日增。
但愿改陋习，
佛门变清新。
当学佛光山，
处处有星云[②]。

印得大师在传道

注①：当日见僧侣们在做法事时，竟以《天路》的曲调来诵经，甚感新奇，不禁捧腹。

注②：台湾佛光山创始人星云大师倡导“人间佛教”及“学佛不求佛，敬佛不烧香”的理念，我认为更有积极意义和正能量。

神 树

世间多奇事，
罗浮出趣闻。
千年华首台，
枯木喜逢春。
庙中仁面子①，
百尺刺青云。
谁料多年前，
病毒侵其根。
树头溃大洞，
枝残落叶纷。
盛世时运转，
佛光耀乾坤。
古寺得重建，
住持献才能。
香火日渐旺，
善众礼佛勤。
古树焕生机，
灵气集一身。
巨洞悄愈合，
树干承千钧。
枝繁兼叶茂，
婆娑盖绿茵。
古寺越红火，
古树越青春。
若问何至此，
个中有秘因。
天人终合一，
奇迹惊鬼神。
大师尤应赞，
呵护必恭身。②
此事我亲历，
充当见证人！

背景就是千年“神树”仁面子

(2015.2.27)

注①：此千年古树名叫仁面子。

注②：指华首台住持印得大师对此古树的精心呵护。

30

清明节“新景”（两首）

故乡田园

之一

清明时节雨纷纷，
路上车流如失魂。
借问坦途何处有？
警官笑指一堆坟。①

之二

清明时节雨纷纷，
路上豪车尽蒙尘。
借问冥间路畅否？
“山狗”笑答不可能。②

（2015.4.5）

故居门前

注①：如今百姓生活水平提高了，很多人都买了小汽车，导致回乡扫墓的路上塞车。于是有人戏言，只有阴间才有顺畅的道路。

注②：广东人俗称坟场中专为墓主铲草扫地的农民工为“山狗”。他们目睹很多人给祖先焚烧别墅、豪车等祭品，故戏称阴间也会塞车，道路不可能顺畅。

一路春风到南宁

2015年5月6日至16日，与几位朋友自驾车出游，先后走过广东、广西、云南、贵州、湖南等南方五省区。祖国的壮丽山河和近年来各地所发生的巨变，令我无比兴奋与激动，于是情不自禁地拿起笔来，将沿途的所见、所闻、所感写成诗篇，不觉共有11首，可谓旅游创作双丰收也。

朝辞珠水五羊城，
一路春风到南宁。
铁马奔驰高速路，
穿越崇山隧道平。

昔日边陲穷乡镇，
如今龙首带“东盟”[①]。
高楼崛起不足道，
更羡青山耀眼明。

现代交通如蛛网，
千里迢迢半日程。
两广兄弟近咫尺，
粤桂同声叙友情。[②]

(2015.5.6)

南宁新貌（图片来自宣传画册）

注①：如今南宁已是东盟博览会的永久驻地。
注②：南宁有很多老朋友会讲粤语，交谈起来甚感亲切。

32 【南方五省区自驾游·组诗】之二

百色巨变

昔闻百色渡时艰，
穷山恶水地狱间。
幸有政府扶贫困，
众志成城换新天。

老广毗邻倍助力，
慷慨解囊勇当先。
真情奉献三十载，
修桥筑路赛平川。

百色的豪华酒店

今日飞车百色过，
目睹巨变万万千。
田畴庄稼如锦绣，
荔山蕉林漫无边。

右江两岸高楼起，
百姓安居乐翩跹。
民众康乐俱温饱，
酒楼聚会啖海鲜。

羊城来客夸巨变，
未忘战斗肩并肩。
两广结缘传佳话，
不羡土豪不羡仙！

(2015.5.7)

33【南方五省区自驾游·组诗】之三

首访文山药乡

久仰彩云之南，
入滇首访文山。
药乡如雷贯耳，
今日喜睹芳颜。

宝地盛产名药，
三七支柱擎天。
旅游增添新景，
产业基地大观。

我乃业界一员，
闻药顿感心欢。
目睹药乡新貌，
如见遍地金山！

（2015.5.8）

下榻文山诗达酒店

建水古城美

红河哈尼自治州，
中越边境“天尽头”。
建水古城群山抱，
世遗胜景数一流。

古城如今换新貌，
经济腾飞势如牛。
兼容并蓄映成趣，
更添凤凰引眼球。①

千年古迹看孔庙，
无价瑰宝幸存留。
诗画传世底蕴厚，
沿街列阵“万户侯”。

虽是匆匆一过客，
文史百科囊中收。
未料边陲有大美，
诸君何不到此游？

（2015.5.9）

建水古城一景

注①：建水城区遍栽凤凰树，此时正值凤凰花盛开，满城一片灿烂辉煌，非常吸引眼球。

普洱茶飘香

平生喜饮普洱茶，
今日慕名“回老家”①。
乘兴游览茶博苑，
万亩茶园冠中华。

登高远望“问茶楼”②，
青山起伏连天涯。
田间采茶新体验，
手舞足蹈乐开花。

资深导游传茶道，
哈尼姑娘苑中花。
绝活茶艺叹观止，
频敬香茗醉“仙家”。

“博苑”虽非茶马道，
亦见古树③发新芽。
今日荣当“普洱人”，
谁敢说我“没文化”？

普洱茶园

与茶博苑哈尼族女导游合影

（2015.5.10）

注①：指来到普洱茶的原产地。

注②：在“茶博苑”最高的山坡上，建了一座“问茶楼”，既是展览室，又可登高，观光瞭望。

注③：“茶博苑”内移植了好多棵珍贵的百年老茶树，供游客观赏。

曼听公园内新建的傣族风情建筑群

36【南方五省区自驾游·组诗】之六

重游西双版纳

曼听公园内周总理塑像

在此之前，
我已两次来过西双版纳，
每次都感到很神奇。
到处可见傣族图腾、
大象和民族歌舞的雕像，
还有座座尖顶的黄色庙宇，
显现出风情万种，
仿佛脚踏着异国的土地。

最难忘，
曼听公园周总理的塑像，
勾起了人们多少美好的回忆。
一九六一年四月，
周总理来到了版纳州，
在泼水节上与民同乐，
穿着一身傣族的服装，
手拿一只银制小水盆，
和蔼可亲的形象，
永远铭刻在人们的心里。
从此，各族人民在边疆，
树起了一面，
民族团结的大旗！

此刻，在我的脑海中，
仍不时浮现出，
边陲小镇的旧模样，
然而，眼前展现出的，
却是一座崭新的城市，
在魔幻般悄然崛起！

是的，
西双版纳的巨变，
比“天方夜谭”还神奇！
璀璨的“边陲明珠”，
不但为国增添光彩，
还证明了一个真理：
只有社会主义才能救中国，
也只有民族大团结，
才能创造出惊人的奇迹！

羡慕你呀，西双版纳！
我们深深地爱恋着，
你这块风水宝地。
祝福你啊，西双版纳！
但愿你在实现中国梦的征程上，
继续快马加鞭，
一日千里！

(2015.5.10)

热带雨林的传奇

2015 年 5 月 10 日，慕名参观了中科院西双版纳热带植物园，这个集科学研究、种质保存、科普旅游于一体的 5A 级景区，有引种自世界各地的热带植物 13 000 多种，珍贵而神奇。我们发现其中有三种特别的树，蕴含着人生哲理，似能给人以启示。

龙血树

在“蔡公纪念园”，
有一棵珍贵的龙血树。
它之所以珍贵，
是因为来历非常特殊。
在此之前，
龙血树的族群，
已几乎在地球上绝迹，
人们对它早已渐渐淡忘。
然而，有一位“痴人”
就是不甘心它的灭绝，
不惜踏遍千山万水，
不怕历尽千辛万苦，
誓要找到它的踪迹，
重新建起一座国家的宝库。
他，就是我国著名植物学家蔡希陶，
国际科学界一根擎天巨柱！

“踏破铁鞋无觅处，
得来全靠下功夫。”
就在上个世纪五十年代，
蔡教授终于在西双版纳，
重新发现了这种树！

从此，
龙血树在这块神奇的土地上，
重新繁衍，
引起了全世界人的高度关注！

随着人工栽培技术取得突破，
规模化种植如火如荼；
随着血竭提炼工艺获得成功，
珍稀的龙血树变成了，
漫山遍野的“摇钱树”。
名贵中药源源上市，
解除了多少患者的疾苦，
又为国家创造出，
多么宝贵的荣誉与财富！

龙血树

蔡教授（右二）与他的弟子们

如今，
鞠躬尽瘁的蔡教授，
已长眠在龙血树下，
他把骨灰也化作了肥料，
永远滋养着这片“故土”。
难怪这棵龙血树，
长得如此茁壮，
枝繁叶茂，永不凋枯。
它有取之不尽的营养，
还有千千万万的“粉丝”，
年年月月，
在给它精心呵护！
啊，
龙血树就是蔡教授的化身，
它象征着一种科学精神，
俨然一根擎天巨柱！

瀑布树

走进热带雨林，
茫茫树海，遮天蔽日，
阴森森的气氛
令人毛骨悚然，
内心发怵！
猛然间，
但见一棵榕树挡在跟前，
密集而粗壮的气根
从树干涌出，直插地下，
仿佛一帘汹涌澎湃的瀑布！
抬眼望，
更有惊人的一幕：
在巨榕的“肚子”里，
竟然还有另一棵大树！
可怜的是，
巨榕“肚子里”这棵
原先生机勃勃的大树，
如今已成为榕树的“俘虏”，
被它死死地缠绕着，
奄奄一息，
即将一命呜呼！

这种反客为主的“绞杀现象”，
在热带雨林中并不奇怪，
简直是“尸横遍野”，
惨不忍睹！
谁说森林中一片寂静？

瀑布树

谁说植物界太多“懦夫”？
其实，
森林中各种殊死的搏斗，
无时无刻不在发生，
只不过杀戮总在无声之处。
这种悄然进行的无情厮杀，
比任何残酷的战争，
都要野蛮与恐怖！

人类社会不也是如此吗？
明争暗斗、弱肉强食，
比比皆是，
地球的每个角落，
都有血染的江湖！
当然，
“适者生存，弱者淘汰”，
是一条颠扑不破的自然规律，
所有懦夫与无能者，
都必将走上这条“不归路”！

董棕树

在“热作所”的棕榈园里，
有一种奇特的董棕树。
它那粗壮挺拔的躯干，
巨伞般伸展的叶片，
多么雍容华贵，
赢得多少人的赞美与羡慕！

然而，
令人遗憾的是，
六十年它才开一次花，
而一旦开花，
便悄然枯萎，
最终剩下一截光秃的残株！

只开一次花就枯萎的董棕树

有人为此惋惜，
怜悯它的“英年早逝”；
但也有人坦然，
为它的“豁达”鼓与呼！

我的态度似乎偏向后者，
因为我觉得，
人生也要学习董棕树。
当生命规律不能违抗时，
“视死如归”何言痛苦？
在最灿烂辉煌的时刻，
潇洒地告别世界，
欣然落下人生舞台的大幕，
无疑也是一种快乐与幸福！
用不着留恋，
用不着伤感，
因为你已经
完成了伟大的历史任务！

学习董棕树，
不骄不躁不自负，
不悲不怨不忌妒，
甘于奉献最美丽的青春，
乐观地“孤身走我路”，
这也非常难能可贵，
也是一种积极的人生态度！

(2015.5.11)

38【南方五省区自驾游·组诗】之八

古黔新貌

多年未到贵州，
印象早已模糊。
只知“黔驴技穷”，
“夜郎”根深蒂固。
天无三日晴朗，
地无三尺坦途，
人无三分银两，
交通处处受阻……

今日再访贵州，
却见天翻地覆。
处处青山绿水，
城乡新楼拥簇。
空气格外清净，
美得一塌糊涂！
人赞“醉美贵州”，
我恋“一方净土”。
“高速”①四通八达，
天堑已成坦途。
北盘江上大桥，
俨然又一“天路”。
桥高四百余米，
桥下白云飞渡。
巨龙横跨千米，
“斜拉”世界纪录。②
轻车飞越峡谷，
“神仙”腾云驾雾……

昔日穷乡僻壤，
如今莺歌燕舞。
锦绣中华缩影，
彰显贵州进步。
东方睡狮已醒，
谁敢再来欺负！

(2015.5.13)

北盘江大桥

千户苗家寨

注①：指高速公路。
注②：指斜拉索桥创世界纪录。

登梵净山

黔中铜仁梵净山，
禅家净土别有天。
佛教名胜五居一，[1]
信众朝拜上云端。

索道险途送半程，
登顶爬坡三千三。[2]
老夫自信不却步，
一鼓作气勇高攀。

梵净山门

并非弥勒赐信念，
只缘巅峰有奇观。
哪怕古稀气力弱，
咬牙坚持闯难关！

愚公精神鼓斗志，
未觉汗雨湿衣衫。
一步一叩走不停，
平台小憩心渐宽。

梵净山下的弥勒佛像

冲破困难迎胜利，
登临“蘑菇”[3]天外天。
云雾蒙蒙似虚幻，
凡心超然赛神仙！

（2015.5.14）

注①：中国有五大佛教名山（即五个佛教道场）：五台山、峨眉山、九华山、普陀山和梵净山。
注②：坐缆车只能来到半山腰，若要登顶，还需攀登 3 300 多级栈道台阶。
注③：山顶有“蘑菇石”和“金顶古寺”等奇景。

40【南方五省区自驾游·组诗】之十

见怪不怪

自驾万里出游，
心情轻松愉快。
沿途见闻不少，
令人眼界大开。
太多闲谈逸事，
有些难分好坏。
不妨一笑了之，
算是见怪不怪。
这里记下三则，
权当套餐加菜……

建水县城新貌

建水古城凤凰花盛开

千户苗寨迎嘉宾

房子论斤卖

云南“十八怪”，
坊间早传开。
谁料到建水[1]，
赫然多一“怪”：

古城新楼盘，
房子论斤卖。
标价一块二，
广告大招徕。
我等成文盲，
目瞪又口呆。
每方价几何？
挠头却难猜。

有人粗略算，
五千买不来。
诸君跌眼镜，
口中念“贵哉”！

如此怪噱头，
创意实在赖。

注①：指云南建水县。

存心糊弄人，
终致砸招牌！

“村花”无人爱

贵州西江镇，
有个苗家寨。
千户人聚居，
罕见“原生态”。
历史甚悠久，
堪称“老招牌”。
依山建“吊脚”①，
溪边屋成排。
自然风光美，
世人都惊呆。
民族风情浓，
奇葩放异彩。

美中有不足，
遗憾心中来。
迎宾献歌舞，
游客不开怀。
所有表演者，
都是老太太。
服饰虽艳丽，
“花容”却衰败。
似是跳伞舞，
实为遮阳盖。
抑或有隐情，
借伞掩丑态？

此事颇蹊跷，
驴友想不开。
苗家多靓女，
为何不登台？
帅哥也少见，
难道都收埋②？
传统民族舞，
理应很出彩。
不知此景区，
如何作安排？
若是再“献丑”，
谁人会青睐！

与苗家大嫂合影

打扮得花枝招展的“老村花”

注①：吊脚，指苗寨传统吊脚楼。
注②：收埋，粤语，“收藏”之意。

苗寨此败笔，
切盼尽快改。
期待下次来，
“村花”众人爱！

长者遭“排外”

五省万里游，
长者甚光彩。
沿途各景区，
免费来接待。
唯独到桂林，
老人遭“排外”。

桂林象鼻山（图片来自宣传画册）

冒雨抵桂林，
城池水浸街。
慕名象鼻山，
留影“金招牌”。
虽是黄昏近，
景门仍洞开。
以为循“惯例”，
免票可进来。
谁知被挡驾，
拒之大门外。
询问啥原因？
政策亮出来。
原来有规定，
优惠凭“门牌”。
只有本地人，
才能享优待。
外地老寿星，
无票莫进来！

众人忿不平，
直言“不应该”。
都是中国人，
怎能两对待？
全国都敬老，
广西却例外？
此等“土政策”，
当属新腐败！
若然不修正，
乌纱别想戴！

（2015.5.16）

41 【南方五省区自驾游·组诗】之十一

风雨伴归程

烟雨蒙蒙别桂林，
归途直奔五羊城。
征战五省十一日，
万里欢歌洒豪情。

长途跋涉无倦意，
古稀筋骨胜妙龄。
艰难险阻飞车过，
奇峰峻岭脚踏平。

神州山河今饱览，
爱国情怀油然生。
旅行岂止增见识，
胜服神药慰心灵。

胸怀世界眼光远，
“长征”路上步不停。
养精蓄锐泊“港湾”①，
整理行囊又一程②。

（2015.5.17）

自驾游回来了

注①：家庭就是生活的港湾。
注②：已定下一程为英国深度游，6月下旬出发。

42

莲花山上谒小平

深圳，曾经是我战斗过的地方（部队驻地），我又曾亲历特区改革开放前期的进程，对它感情深厚。然而，一直以来却未曾登上莲花山，谒拜改革开放的总设计师邓小平的雕像，留下了遗憾。今天因事重访深圳，特意前往凭吊，了却夙愿，甚为感慨，特赋诗一首以寄深情。

雨后骄阳万里晴，
特区新貌耀眼明。
乘兴登高圆夙愿，
莲花山上谒小平。

伟人巨像耸天立，
满面春风笑盈盈。
昂首阔步朝前迈，
如率雄师赴征程。

改革开放创奇迹，
中华崛起惊世人。
全凭“理论”[①]指方向，
临危破阵定乾坤！

“白猫黑猫”[②]齐奋发，
尧舜巨手护长城。
不怕风云多变幻，
咬定青山排头兵！

“春天故事”[③]唱更响，
激荡豪情热血奔。
矢志实现中国梦，
天降大任我担承！

山径崎岖何足惧，
汗流浃背涤心灵。
“坚决不走回头路”，
铿锵誓言励前行！

（2015.5.27）

莲花山上邓小平塑像前留影

莲花山上看鹏城

注①：指“邓小平理论”。
注②：指邓小平著名论点，“不管白猫黑猫，抓到老鼠就是好猫”。
注③：指著名时代歌曲《春天的故事》。

43

火锅免“自助”——端午家宴偶感

平日常吃火锅，
场面无不红火。
顾客“钦点”食材，
人人动手“掌勺”。

日前端午家宴，
慕名“松记”火锅。
车过鹤洞大桥，
眼前霓虹闪烁。

店面并不豪华，
位置亦嫌“背角”。
只缘“顺德料理”，
天天顾客满座。

“松记”有一店规，
听来令君“错愕”。
但凡进店客人，
一律不准“自助”。

顾客只管点菜，
静候店员张罗。
鱼肉蔬菜杂品，
全由侍应涮锅。

侍女堪比名厨，
精心为你制作。
火候严格掌握，
时间分秒不多。

食物无比鲜嫩，
服务热情似火。
色香味形皆妙，
“上帝”也唱赞歌！

“松记”创新理念，
给人启发良多。
经营贵在独特，
创新才有胜果。
赢得“上帝”青睐，
何愁“飞象过河”①！

广州某美食街夜景

（2015.6.22）

注①：“飞象过河”，粤语戏指“过河（江）觅食”。

2015年6月23日至7月2日，参加广之旅“英伦十天深度游”，感慨良多，兴奋不已，沿途写下一组小诗，回国后再作整理修饰，收录如下——

英伦生态美

大英帝国天下闻，
工业革命“奠基人”。
雾霾蔽日今不再，
唯见蓝天与白云。

万里晴空如翡翠，
无垠原野草木茵。
最是迷人乡间景，
星罗小镇客销魂。

赏心悦目看不尽，
千里奔波更精神。
人人都赞欧陆美，
我把桂冠赠英伦！

英格兰的自然生态（图片来自宣传画册）

“英式”雨景

羊城盛夏烈日炎，
忽临英伦两重天。
雨季来到好“湿滞”①，
御寒衣物忙增添。

“英式雨季”孩子脸，
下下停停转瞬间。
“老外”②急忙撑雨伞，
唯有“土人”③手中闲。

蒙蒙雨雾衬美景，
霎时丽日映山川。
游人衣伞泛异彩，
梦幻画图现眼前。

（2015.6.27）

小食店内赏雨景

英格兰湖区国家公园被誉为伦敦的“后花园”

注①：“湿滞”，粤语，指“特别潮湿”之意。

注②：到了英国，我们这些中国游客变成了外国人，即“老外”了。

注③：英国本地人被我们戏称为“土人”。他们下雨时不习惯打伞，与我们形成鲜明的对比，也是一道特殊的“风景线”。

英伦无三岛

与夫人在著名的英国利物浦唐人街闲逛

世事从来多蹊跷，
无稽误传成“史料”。
英伦原本“两大块”，
有人偏说有三岛。

大不列颠属“老大”，
北爱尔兰“辈分”小。
两岛组成英帝国，
“米旗”称霸长不倒。

爱丁堡皇家英里大街

“老大”又分“三门户”，
曾经画地各为牢。

苏格、英格、威尔士，
与“爱”同聚一王朝。[①]

苏格兰爱丁堡

无奈史实被误传，
“英伦三岛”声声叫。
坊间如此乌龙事，
无人纠错不了了。

此行有幸长见识，
去伪存真辨误谬。
旅游胜读万卷书，
更多奇闻待分晓。

（2015.6.28）

注①：英国由英格兰、苏格兰、威尔士和北爱尔兰四部分组成，全名叫“大不列颠及北爱尔兰联合王国”。

伪球迷也疯狂

英国足球世人夸，
英超联赛乐万家。
曼彻斯特迎宾客，
中国“粉丝”到来啦！

驴友痴情“老球场”①，
疑把曼联当恒大②。
球队战袍疯狂“抢”，
大包小包带回家。

驴友多是“伪球迷”，
假作真时真亦假。
权充拥趸扮豪放，
只待回国亲人夸。

英伦足球长我志，
全力助威大中华。
他日定成真球迷，
绿茵场边看厮杀！

（2015.6.29）

英国曼联足球队（图片来自宣传画册）

老特拉福德足球场前广场的塑像

注①：“老球场”指曼联主场“老特拉福德”足球场。
注②：“恒大”指广州恒大淘宝足球俱乐部。

48 【英伦之旅·组诗】之五

伦敦之印象

周游列国广见闻，
相见恨晚话伦敦。
虽如走马观花景，
堪言印象特别深。

举世闻名大都会，
三十四区尽延伸。
首都王宫兼具备，
政经科文集一身。

环保奇迹人最赞，
坚持治污立功勋。
“雾都”恶名早抛弃，
风清气爽迎嘉宾。

昔日华侨“捱世界”①，
卑躬屈膝无分文。
如今昂首挺胸立，
扬眉吐气龙传人！

华商投资项目众，
服务百姓惠民生。
英人齐赞“very good”，
刮目相看竞攀亲！

从来帝都挟傲气，
如今已然“矮三分”。

英女王的温莎堡皇宫

与夫人在泰晤士河滨留影

社会氛围颇沉闷，
活力不足似黄昏。

城市容颜沧桑显，
楼宇呆滞欠缤纷。
驴友幽默打比喻，
恰似徐娘半老身。

名城毕竟底蕴厚，
烂船尚有三斤钉。
但愿古城重振奋，
他日喜见满目春！

（2015.6.30）

注①：“捱世界”，粤语，意为艰难度日。

与夫人在爱情小镇留影

爱情小镇

在苏格兰与英格兰的交界处，有一个只有 1 万人口的小镇，名叫葛特格林。它是两个民族不同文化的交融点，几百年来两地男女情侣喜欢选择到此登记结婚，从而摆脱诸多制度和习俗的束缚，故被人称为“私奔者的天堂”。

英国有个奇特的地方，
它“盛产”新娘与新郎。
众多叛逆的“私奔者”，
都喜欢到这里“进洞房”。

自由恋爱谁个不向往？
然而，很多习俗和制度的束缚
棒打着爱慕的鸳鸯！
“爱情小镇”却是自由的领地，
有情人皆能成眷属，
双双步入婚姻的殿堂。

奇异的习俗，
吸引着全世界的目光。
各地旅游者纷至沓来，
几乎挤爆了这个
独具传奇色彩的地方。
你看，
那张几百年前首发的
褪色结婚证书，
还在袖珍的博物馆里展示。
那众多发黄的婚纱照，
还在玻璃柜中被收藏。
浪漫的小城镇，
仿佛专为情侣们而布置，
处处是浓郁的爱恋情调，
周围尽是鸟语花香。
非常雅致的房舍，
点缀着幽静的环境，
以“爱”为主题的雕塑
遍布温馨的广场……

大千世界，无奇不有，
今天，又让我们增长了见识，
体验了一把
“私奔者的天堂”。
驴友们不禁开起了玩笑，
鼓动那些“剩男剩女”
不失时机在此“拉埋天窗”①！

(2015.6.30)

街头艺人在表演管风琴

小镇内一尊“爱情雕塑”

注①：“拉埋天窗”是粤语方言，泛指结婚。

剑桥大学内的“牛顿苹果树”

50 | 英伦之旅·组诗 | 之七

参观大学城

昨闻牛津名校，
今日再访剑桥。
连“搏”两张文凭，
试问谁能做到？

我似红楼姥姥，
大观园内瞧瞧。
学府堪比官衙，
门槛一样甚高！

此地“盛产”名人，
总统、首相不少。
顶尖科学巨匠，
批发零售“打包”。

缘何出类拔萃？
教育蕴含奥妙。
中国同行崇拜，
奋力追赶目标。

连访两家名校，
眼界开了不少。
但愿也来“镀金”，
莫笑做梦太早！

（2015.6.30）

格拉斯哥大学	牛津大学
剑桥大学	剑桥河上的“牛顿桥”

51 【英伦之旅·组诗】之八

格林尼治传奇

世界的标准时间
从何算起?
地球的两半
分界在哪里?
历史上第一张航海图
在哪里绘制?
答案都只有一个:
格林尼治!

这里有一个
24 小时走字的圆盘大钟,
以十亿分之一秒的精确度,
向全世界准确地报时;
这里有一条
神奇的“本初子午线”,
把地球分成两半,
“零度经线”就在这里……

东西半球分界线

格林尼治世界标准钟

此刻,
我们围绕着这条“子午线”,
拍照留念,谈笑嬉戏,
留下了一张张珍贵的照片,
铭刻了一幕幕难忘的记忆。

“看吧,我们脚踏两半球,
一步跨出千万里!”
“听吧,我们悄悄地交谈,
声音立刻传遍天际……”
我们仿佛上了一堂课,
学到了科普知识,
重温了很多科学原理。
愉快的笑声
回荡在这块风水宝地!

无疑,
格林尼治是神圣的,
世界人民都分享了
它的丰功伟绩!
那饱经沧桑的皇家天文台,
犹如一座伟大的丰碑,
在泰晤士河畔威严屹立。
我们深深地仰慕你啊,
人类天文史上的骄傲——
格林尼治!

(2015.6.30)

告别英伦

当年志摩别康桥，
留下诗篇情未了。①
我今英伦匆匆别，
心潮澎湃似波涛。

忆昔英帝日不落，
称霸世界罪难饶。
殖民统治掠民膏，
滋养奢华老皇朝。

笑看风水轮流转，
夕阳西下残花凋。
专制皇权渐衰落，
恰如泰晤士退潮。

中华崛起国人傲，
闯荡英伦特自豪。
天马行空随我意，
遍游天下任逍遥！

（2015.7.1）

伦敦眼

伦敦的大本钟

注①：“康桥”即剑桥，指剑桥大学。徐志摩是我国现代著名诗人，1921—1922年曾在剑桥大学游学，其代表作之一《再别康桥》，脍炙人口，广为流传。

2015 年 8 月 4 日至 13 日，与五位战友自驾车旅游，十天时间游历了 9 个省，行程 5 000 公里，途中作诗 11 首，记录如下。

赞永州

千里驱车到永州，
湘乡巨变似锦绣。
日新月异冷水滩，
魔幻零陵遍高楼。①

世人皆赞盛唐柳，
《捕蛇者说》②传千秋。
一代忠臣沥肝胆，
无奈穷乡难出头。

永州新夜景

芙蓉傲放新世纪，
湘江儿女竞风流。
当代宗元齐奋发，
力挽狂澜争上游。

今日访友游旧地，
与君③畅饮异蛇酒。
抖擞精神赋新诗，
盛赞永州胜广州！

(2015.8.4)

注①：冷水滩和零陵都属湖南省永州市辖下的行政区。

注②：《捕蛇者说》是大文豪柳宗元的代表作之一。他曾被贬永州当县令，此文流传千古。现今当地生产“异蛇酒”，就缘于此文提及的“异蛇”。

注③：指湖南永州老战友吴又辉、尹明保等。

江城“新景”

“两湖”① 虽邻近，
亦隔千里程。
早辞永州市，
星夜抵江城②。

正值三伏天，
未见“火炉”③ 景。
街头闲人寥，
纳凉不时兴。

蒲扇与凉席，
无处觅踪影。
家家装空调，
户户“闭门羹”。

时代反差大，
泾渭太分明。
社会生巨变，
此乃新一“景”！

与几位老战友同游黄鹤楼

(2015.8.5)

注①：“两湖”指湖南湖北。
注②：江城指武汉。
注③：武汉素有“中国五大火炉”之一的称谓。

初访新乡

南太行风光

跨长江，过黄河，
日行千里“小儿科”。
京珠高速车流涌，
华中平原翻绿波。

昔日河南多劫难，
如今遍闻幸福歌。
新乡战友迎远客①，
杜康“问候”不嫌多。

南太行风光

历史名城传世代，
“毛遂自荐”②新传说。
开山劈出“南太行”，
众人猎奇钻山窝。

南太行风光

“辉县人民干得好”，③
愚公壮志撼山河。
扬我军威继传统，
两地战友同高歌！

(2015.8.6)

注①：远客指广东战友。

注②：“毛遂自荐”的典故就出自这里。

注③：辉县是新乡辖下的一个县级市，曾是全国先进县，具有改天换地精神，被中央赞誉“辉县人民干得好”！

从南太行到济南

中原多胜景，
新貌迎老兵。
探幽又一处，
辉县“南太行”。

深山“桃源”①静，
陋室诱白领。
农耕寻自乐，
“原始”生意隆。

狭径通山西，
小车擦身行。
勇者不畏险，
吓得鸟兽惊。

告别新乡市，
飞车到山东。
八百里平川，
豫鲁郁葱葱。

星夜抵济南，
司令②来相迎。
畅饮三杯酒，
疲惫一扫清！

济南趵突泉

老战友与王忠司令员（中）合影

（2015.8.7）

注①：新景区位于南太行山腹地，经营者开发了很多“原生态”的旅游住所，谓之“世外桃源”“天外天”等，吸引了很多城市人去度假。

注②：指老战友、济南警备区原司令员王忠同志。

泰山，不登也罢

泰山名气大，
其实摆空架。
山上景点少，
收费令人怕。
门票一百二，
缆车分上下。
各收一百元，
老幼残通杀。
另要交六十，
往返乘小巴。
登一次泰山，
四百拿不下。
关键没啥看，
徒把虚名挂。
管理更粗放，
人流乱如麻。
设备不完善，
毫无人性化。
排队搭缆车，
长龙似蚁爬。
日晒雨又淋，
头上无片瓦。
适逢下大雨，
浇得像王八。
个个落汤鸡，
感冒挨回家。

泰山南天门拥挤的人流

中国名山多，
景色都不差。
遗憾登东岳，
不知看到啥？
过去几十年，
两次泰山爬。
过去见识少，
钞票不多花。
无切肤感受，
胡乱把它夸。
今次再登临，
才知实在傻。
贴钱买难受，
不登它也罢！

（2015.8.9）

车过胶州湾

东海门户胶州湾，
烟波浩渺水连天。
一桥飞架七十里，
天堑巨龙一线牵。

遥看彼岸缥缈处，
城池隐约现云端。
恰似海市蜃楼景，
原是岛城矗海边。

昔日无桥绕百里，
而今飞车转眼间。
铁骑跨海随风渡，
心情愉悦赛神仙。

中华崛起再见证，
胶州大桥非一般。
天南海北逍遥客，
盛赞长虹最壮观！

壮观的胶州湾大桥

在胶州湾大桥上

遥望青岛海滨

（2015.8.10）

青岛·我爱

我到过不少地方，
包括国内与国外。
我拍过不少风光照片，
包括大都市与小山寨。
有一个滨海的城市，
特别让我记忆犹新，
铭记在脑海。
它，就是青岛，
一个七彩斑斓的
梦幻世界！

青岛五一广场

也许我们特别幸运，
也许上帝对我们太偏爱，
当台风
正在附近地区肆虐时，
青岛却风和日丽，
阳光灿烂，焕发异彩。
海风、浪花、海鸥、白帆，
沙滩、别墅、洋房、巨槐，
还有栈桥、八大关、新铭牌……
一幅幅精美的照片，
为我的人生阅历
增添了光彩！

青岛海湾的帆影

青岛，心里之爱，
我为你自豪，为你喝彩。

我把你当成第二故乡，
已深深地
融入我的情怀。
只要有机会，
我一定再来造访，
不必等到遥远的将来！

（2015.8.10）

但愿山东真好客

"好客山东"广告多，
央视天天穷广播。
到了山东一体验，
才知"好客"是反说。

山东资源堪广博，
旅游景点有特色。
只是为民意识差，
美好形象打了折。

济南趵突有奇泉，
独特景观冠全国。
遗憾园内太脏乱，
门外又似粥一锅。

泰山名气天下闻，
却是无景似空壳。
管理粗放收费高，
游客怨声叹奈何。

青岛美景最诱人，
只嫌酒店太刻薄。
四星收费二星货，
赠饮矿泉都没得。

最恨崂山黑导游，
汉子村姑结成伙。
忽悠带客入景区，
坑人购物够"洒脱"。

"世外桃源"小村寨，
推销茶叶卖海货。
半个景点都不见，
徒来崂山颠陡坡。

此行山东匆匆过，
整体印象尚不错。
美中不足应整改，
吹牛广告别再说！

(2015.8.11)

青岛一景（图片来自宣传画册）

合肥谒包公

久未访合肥，
古城今更美。
记忆何处觅？
包拯墓与碑。

旧景拓新园，
碧水映翠薇。
楼台仿宋造，
诗词古韵味。

应节荷花展，
清香沁心扉。
寓意倡廉洁，
呼唤精神归。

反腐得民心，
“包公”笑扬眉。
忽听喜鹊鸣，
凯歌漫天飞！

包公祠内一景

包公祠内一景

（2015.8.12）

三访滕王阁

三十年前血气刚，
意气风发奔南昌。
滕王阁上观落霞，
孤鹜无踪去远方。①

三年之前白发苍，
满怀欲望登滕王。
无奈景区成工地，
围栏重隔望后墙。

今日三临滕王阁，
古楼脱胎换新妆。
景区广拓气派大，
登楼远眺赣水茫。

“九重天”②上忆王勃，
旷世绝联未能忘。
但见落霞映楼艳，
江洲群鹜唱辉煌！

滕王阁园区一景

滕王阁雄姿

(2015.8.12)

注①：滕王阁有一副出自“初唐四杰”之一王勃之手，流传千古的名联：“落霞与孤鹜齐飞，秋水共长天一色。”

注②：滕王阁的顶层名为“九重天”。

老战友相会在韶关

浓浓战友情

旅游兼访友，
人皆赞双赢。
万里自驾游，
千般战友情。
首站到永州，
辉哥[①]抱病迎。
酒楼设盛宴，
蛇酒灌几瓶。
暗地埋好单，
饭钱早结清。

转战到河南，
新乡“大阅兵”。
光辉[②]率众将，
列队迎嘉宾。
共温战斗史，
唠嗑到天明。
生活巧安排，
畅游“南太行”。

北上到济南，
幸会王司令。[③]
首长不像官，
亲自来迎送。
费用自己掏，
公私最分明。

行程近尾声，
粤北有“军情”。
韶关老战友，
设宴来洗尘。
“总督”张亚水，[④]
一呼百方应。
席间忆往事，
历史当新闻。
叮嘱老团长，[⑤]
多来“乡下”行！

万里风尘路，
朝夕赶路程。
可喜老筋骨，
至今未“失灵”。
皆因有“激素”：
深深战友情！

(2015.8.13)

注①：指湖南永州老战友、75岁的吴又辉，其时他刚病愈出院。
注②：指河南新乡战友会秘书长杨光辉，他手下有一众干将，个个雷厉风行。
注③：指济南警备区原司令员王忠。
注④：指韶关地区战友会召集人。
注⑤：“老团长”指同行的战友李仲宏。

五赞新加坡

又到新加坡，[①]
我来唱支歌。
开口有五赞，
且待从头说。

一赞环境美，
花园遍全国。
绿茵铺大地，
社区树婆娑。
空气无尘染，
净水随意喝。

二赞国家富，
经济长红火。
民生改善快，
百姓好生活。
组屋政府建，
居者有其“窝”。
老幼多关爱，
共尝幸福果。

三赞法治严，
执法不偏颇。
权杖护正义，
利剑斩邪恶。

新加坡滨海公园一景

新加坡新建的游乐场（图片来自宣传画册）

新加坡滨海新景

注①：近二十多年来，我多次造访新加坡。

人人守规章，
社会更祥和。

四赞重传统，
文化大融合。
族群互尊重，
共唱和谐歌。
习俗广传承，
奇葩千万朵。

五赞亲情浓，
族人聚会多。
“常回家看看”，
天伦共欢乐。
家风代代传，
宗氏旗不落……

行程虽短暂，
感慨满心窝。
仰慕星洲人，
由衷唱赞歌！

新加坡金沙酒店

中秋节前的牛车水

（2015.9.7）

65

狮城感怀

与夫人同游圣淘沙

阔别狮城整八年，
今日重访续新篇。
越洋并非为游埠，
探亲访友慰心田。

鱼尾狮子仍屹立，
圣淘滨海胜景[1]添。
金沙广场新地标，
宏伟奢华最拔尖。
无奈花多眼竞乱，
审美疲劳不觉鲜。

唯有亲情似美酒，
珍藏越久越醇绵。
无情岁月催人老，
庆幸余生回故园。[2]

抚今追昔寻旧梦，
悠悠血脉感苍天。

异国乡愁难忘却，
狮城羊城一线牵。
沉思低吟怀旧曲，
屈指数来已七篇。[3]
人走绝无茶凉意，
无限眷恋永流连！

（2015.9.9）

鱼尾狮景区留影

新加坡中国城牛车水

注①：指圣淘沙新建的环球影城、海洋世界、赌场、滨海花园、金沙大酒店等景点。

注②：同行的我夫人及其长兄蔡文祥均出生于新加坡，五六岁时随父母回中国定居，至今已六十余载。现还有不少亲友留在新加坡。

注③：自1988年以来，我已先后七次返新加坡省亲。

66

南沙“巨无霸”

——参观广州龙穴造船基地

以前听说万吨巨轮，
无不感到非常惊讶！
今天我来到南沙，
目睹更大的巨轮下水，
心里乐开了花！

想当年，
这里还是一片荒滩，
孤零零的龙穴岛，
只有海盗才敢安家。①
是改革开放的号角
把它唤醒；
经济建设的大潮
让它跨上奔腾的骏马。
从此，
伶仃洋拓宽了航道，
龙穴岛连通天涯……

了不起啊，南沙！
你是中国人的骄傲；
了不起啊，龙穴岛！
你是改革开放的一株奇葩。
你一跃成为
全国三大造船基地之一，
华南地区造船业的龙头老大！

龙穴造船基地一瞥

同行四战友

造万吨轮船？
简直“湿湿碎”② 啦！
建造十万、二十万吨级的大船，
也早已不在话下！
你看！
这艘32万吨的巨轮，
屹立在船坞，如鹤立鸡群，
傲视群雄，通达天下，
那才是真正的“巨无霸”！

当我们登上龙穴峰，
攀上高高的瞭望塔，
“龙穴造船”一览无余，
我仿佛看到它的“骄子”们
正在乘风破浪，
驶向亚丁湾、地中海、马六甲……
听吧，
自贸试验区的号角已吹响，
新的海上丝绸之路，
正是从这里出发！

（2015.9.19）

注①：当年粤港澳知名的海盗张宝仔，就是借龙穴岛上的岩洞栖身，并在此藏匿赃物。
注②：“湿湿碎”，粤语方言，意为“小意思”。

67

崖门古炮台遐思

滔滔伶仃洋，
巍巍古炮台。
崖门①扼天险，
土堞盘要塞。
沧桑世事茫，
铁炮雄风在。
宋元海战②惨，
悲声恸地哀。
捐躯二十万，
忠骨各自埋。
对垒频厮杀，
只为朝代改。
英魂难安息，
青史蒙尘埃。
崖门功与过，
疑团谁解开？

崖门景区大门口

崖门景区一块诗碑

(2015.10.5)

注①：崖门古炮台位于广东省江门市新会区崖门镇，濒临珠江出海口的伶仃洋，是一个天然的军事要塞。

注②：1279 年，在崖门海域发生了一场震撼古今的大海战——宋元崖门海战，双方投入兵力 50 余万，战船 5 000 多艘，历时 23 天。大多数战船被击沉，战死将士 20 万，尸首浮于海面，惨绝人寰，被称为世界历史上四大海战之一。当时，宋朝宰相陆秀夫陷于绝望，先令妻儿家属投海自尽，然后背着年仅 8 岁的幼帝赵昺投海殉国。至此宋朝灭亡，被元朝取代，完成了一次改朝换代的历程。

“艳遇”
——游广州珠江公园

广州珠江公园一景

珠江公园内的巴西木棉

香山①有红叶，
羊城有红花。
红枫与红棉，
观赏有“时差”。
红棉“反季节”，
秋冬绽芳华。
此乃一奇景，
疑问谁解答？

答案无奥秘，
移植他国花。
原是巴西种，
越洋来安家。
奉献人间美，
甘愿赴天涯。
植物“白求恩”，
精神实可嘉！

人皆喜艳遇，
莫做井底蛙。
适逢秋光好，
“猎艳”带回家。
抢拍精彩照，
调侃笑哈哈。
羊城觅“佳丽”，
“珠园”②多奇葩！

（2015.10.19）

注①：香山指北京香山景区。

注②：“珠园”指广州珠江公园。近年来广州引进大量巴西木棉，每到秋冬季节，繁花艳丽，为“花城”增添了一道新的风景线，令人赏心悦目。

2015年10月27日至11月1日，参加广州南湖国旅（西部假期）组团到山西和内蒙古旅游，其中很多景点是首次涉足，可谓填补空白，很有意义。于是沿途乘兴草拟了一组小诗，回穗后再做了修改，聊以纪念。

水调歌头·三晋览胜

(借鉴毛泽东词《游泳》而作)

才饮珠江水，
又食山西羊。
万里晴空闲逛，
极目赏天苍。
不怕寒潮袭扰，
胜似柔情较量，
今日得清凉。
驴友同赞誉：
晋上好风光。

黄河壶口瀑布（图片来自宣传画册）

太行俏，
吕梁笑，
汾水长。
一关扼守南北，
雁门戍边强。
更有云冈石窟，
北岳恒山峻朗，
悬寺惊飞翔。
五台香火盛，
举世庆吉祥。

平遥古城（图片来自宣传画册）

(2015.10.27)

雁门关感怀

万里长城十三关，
嘉裕山海居两端。
镇守中原凭雁门，
狭谷天险虎龙盘。

北宋抗辽杨家将，
六郎铁刀斩凶顽。
抗日烽火映边塞，
八路挥师敌胆寒。

遗址残存今修缮，
朔风呼呼心中暖。
踏雪沿崖登高望，
犹见硝烟涌眼前。

行走江湖增教益，
雁门补课胜“大餐”。
贼寇岂敢侵故土，
横枪跃马保国安！

(2015.10.27)

雄伟的雁门关景区牌楼

与夫人在雁门关留影

云冈石窟

云冈石窟一景

云冈石窟一景

世间石窟何其多，
敢说云冈数“一哥”。
摩崖雕佛源北魏，
精美绝伦“无前科”。

石刻精工叹观止，
数代智艺历坎坷。
唯有云冈一代成，①
官民接力奏凯歌。

千古英名传后世，
当今新锐耀山河。
倾筹巨资扩新景，
延续辉煌涤沉疴。②

云冈文化添异彩，
煤都今朝更闪烁。
百姓膜拜新愚公，
盛赞公仆耿彦波。③

（2015.10.30）

注①：位于山西省大同市的云冈石窟，是中国四大石窟之一，被列为世界遗产。它与其他大型石窟不同，其他石窟大都经过几个朝代才完全建成，只有云冈石窟是在同一个朝代建成的。

注②：近几年来，大同市委市政府斥巨资15亿元，对云冈石窟进行大规模修缮和扩建，使之成为大同乃至全省一张亮丽的新名片。

注③：大同前市委书记耿彦波在此主政5年，很有魄力和能力，大刀阔斧地进行旧城改造，使大同发生了翻天覆地的巨变。他还致力于改善民生，办了很多实事和好事，深得广大市民的爱戴。

72 〖西行放歌·组诗〗之四

登北岳恒山

“游山玩水”山为先，
“大器晚成”立山巅。
“三山五岳”都走遍，
今偿夙愿登恒山。①

年逾古稀充硬汉，
夫妻相扶肩并肩。
仰望主殿云端处，
艰难跋涉咬牙关。

倒骑毛驴张果老，
悬根古松幻成仙。②
默然悟道添后劲，
攀越台阶两千三！

登临北岳堪完满，
夙愿已偿庆凯旋。
若问还有多少梦？
游遍世界才心甘！

（2015.10.31）

恒山松　迎远客

与夫人同登恒山

注①：坊间流传中国有“三山五岳”，其中五岳是指：东岳泰山、西岳华山、南岳衡山、北岳恒山、中岳嵩山。此前我已登上过东、西、南、中“四岳”，今再上恒山，可谓完满矣。

注②：传说八仙之一张果老常倒骑毛驴上恒山，有一次把毛驴拴在半山腰一棵老松树下憩息，忽遇一只白额老虎来袭，张果老遂施仙法，助毛驴打败了老虎。由于毛驴拴在松树上，打斗时把松树也连根拔起了，于是成了一棵奇特的“悬根松”，历千年而不倒，如今已成为恒山一个著名景点。

悬空寺奇观

徐霞客纪念亭

作者夫人在悬空寺石碑前留影

悬崖峭壁头顶天，
巍峨木寺“贴”岩边。
并非鬼斧神工现，
人间智慧冠大千。

诗仙李白夸口赞，
醉酒挥毫题“壮观”。
旅侠霞客留足处，
遗址建亭气宇轩。

佛道儒教成一统，
危楼欲坠却弥坚。
凡夫寄予多少梦，
神灵显圣护人间。

世遗奇景遍华夏，
今生有幸每尝鲜。
悬寺为君留悬念，
谁解疑窦谱新篇？

（2015.10.31）

冬游五台山

环峰白雪皑皑，
盆地热气腾腾。
千年古刹遍布，
四面钟鼓相闻。

鎏金庙堂错落，
白塔高耸入云。
信众无惧寒冷，
礼佛结队成群。

五台蜚声久远，
佛门清净诱人。
历代君臣参拜，
百姓高僧虔诚。

五台山全貌

五台山中一景

五台山中一寺庙

五台山中一寺庙

杨家五郎归隐，
匿名遁入空门。
昔日清帝顺治，
彻悟削发为僧。

诸多名人雅士，
在此了断红尘。
太平盛世慈悲，
文殊恰似明灯……

我乃凡夫俗子，
未谙拜佛求神。
不为朝圣而来，
只为感受纯真。

处处留心学问，
“吾日三省吾身”。
参禅激发潜力，
悟道聊作诗文。

(2015.11.1)

应县木塔

应县坐落何方，
缘何名声远扬？
自愧孤陋寡闻，
迄今未晓其详。

今日来到贵地，
但见释迦辉煌。
纯木建造奇塔，
抵御千年风霜。

遥望巨型“积木”，
巍巍九层[1]八方。
半枚铁钉未用，
万劫固若金汤！

荣膺世界“三大”[2]，
宝物为国增光。
堪比巴黎铁塔，
又与“比萨”相当。

与夫人在应县木塔前留影

舍利塔内珍藏，
乱世镇邪兴邦。
见证中华复兴，
护我大国泱泱。

（2015.11.1）

注①：该塔呈八角形，外观为六层，内实为九层。
注②：“三大”指世界三大奇塔。

晋祠“三宝”

山西岂止煤炭，
太原更多宝典。
晋祠拥有“三宝”，
的确值得一看。

晋祠正门

古代祭祀建筑，
最美圣母金殿。
鱼沼飞梁架越，
当今立交典范。

周柏唐槐参天，
倔强挺拔千年。
更有宋代彩塑，
娇艳婀娜翩翩。

千年古柏树倒而不死

“难老泉”水涌溢，
感人故事连篇。
俗子欣然洗涤，
冀盼身壮力健。

惊世园林艺术，
世界难得一见。
若无先贤才智，
何来今日眼馋？

(2015.11.2)

77 | 西行放歌·组诗 | 之九

草原之憾——游内蒙古希拉穆仁草原有感

碧绿的大草原，
多么令人神往。
腾格尔美妙的歌声，
久久在我心中回荡：
“这是我的家……
我的天堂……”

以往，
曾几次亲临内蒙古，
草原给我留下了美好印象。
然而这一次，
却令我非常失望！
也许是冬季的到来，
牧场一派衰颓，
萋萋芳草早已枯黄。
游客越来越少，
接待人员个个懒洋洋。
我不由得触景生情，
把那首民歌改唱：
“天苍苍，野茫茫，
风吹草枯没牛羊……”

“天灾”已然无情，
“人祸”更是遭殃。
独具特色的旅游景点，
竟成了铜臭的“博弈场”。
骑马、驱车、祭敖包……
所有项目无不漫天要价，
宰你没商量！
什么“下马酒”“风情秀”，
统统是装模作样，
只不过在“走过场”。
内蒙古风味倒是很诱人，
可惜价钱把你吓一跳——
好家伙！3 000元一只
“袖珍烤全羊”……
这一切，分明在告诉人们，
草原正在上演
《最后的疯狂》！

本来很愉快的草原之旅，
就这样导致怨声载道，
遍体鳞伤。
难怪驴友们都说：
早知如此，
何必千里迢迢“送货上门”，
任人宰割，任人坑骗，
“享受”那刻骨的透心凉！

(2015.11.2)

内蒙古草原风光

大漠金山

在鄂尔多斯与包头之间，
有一片大沙漠，
荒原百里，浩瀚无边。
是谁这么眼光独到，
如此豪气大胆？
在这荒芜的大漠里，
打造出一个5A级旅游景区，
任人逍遥，任人游玩！
这个“大漠仙境”，
就是闻名全国的“响沙湾”！

当你乘坐轻盈的索道缆车，
瞬间就来到沙漠的怀抱，
亲身体验冒险的刺激，
享受“世外桃源”的休闲。
当你坐上滑板，
从高端飘然而下的时候，
你就能听见
一阵阵隆隆的响声，
响彻你耳边。
那就是“会唱歌的沙子”，
在为你倾情表演；
当你乘坐“疯狂越野车”，
在茫茫沙海冲浪的时候，
刹那间你会感觉到，
上帝似乎离你不远；
当你嬉戏追逐
登上沙峰的时候，
仿佛一伸手就摸到了天……

好啊，
旅游胜地响沙湾，

响沙湾

与骆驼为伴

空中索道跨越沙谷

你吸引了多少潇洒的人，
到这里游乐，流连忘返；
你创造出多少宝贵财富，
为国家作出了重大贡献！
妙哉，响沙湾，
你的独特智慧与创意，
给了人们多少启示，
成为津津乐道的美谈！
是的，
世上没有无用之资源，
也没有荒废的遗产。
只要你有远大的眼光和过人的胆识，
超凡的魄力与智慧，
沙石都会变成遍地金钱。
这不，
响沙湾就已证明，
万顷荒废的黄沙，
已变成一座座美丽的金山！

（2015.11.2）

79

见识“新土豪”

番禺东涌一日游，
锦绣田园眼底收。
绿道行车通幽处，
豁然豪宅立村头。

乍看府第风尘旧，
“可以小筑”胜琼楼。
盘地十亩好风水，
亭台阁榭缀四周。

房东本是庄稼汉，
偏爱诗书不养牛。
广结名士聚才气，
文物收藏遍五洲。

坊间古董琳琅目，
儒林翰墨久存留。
价值连城人低调，
反哺社会不尚酬。

当今权贵司空见，
如此“土豪”确少有。
一游胜读万卷书，
焕发激情写春秋。

“可以小筑”

与朋友同游“可以小筑”

（2015.11.10）

2015年11月中下旬，与几位朋友参团到云南省滇西地区旅游，很多景点令我耳目一新，感奋之际，写下了一组小诗，聊以纪念。

云南，我跟你没完

云南，我跟你没完！
真的，我很有意见。
谁叫你风光那么美丽？
谁叫你风情那么浪漫？
令我像着了迷，
频频光顾，
不厌其烦。
为此养成了
对美的痴情，
对爱的贪婪。

于是，几十年来，
彩云之南的山山水水，
我几乎走了个遍：
从昆明滇池，到苍山洱海；
从西双版纳，到玉龙雪山；
从丽江古城，到泸沽湖畔；
从文山药乡，到普洱茶园……
太多的名胜，太多的奇缘，
令我眼界大开，
流连忘返。

正因为看不够，
正因为常思念，
正因为急着要“解馋”，

滇西地区的傣式佛塔（图片来自宣传画册）

诗情画意的滇西风光（图片来自宣传画册）

所以这次又前来，
专程到滇西走一遍。
要探寻德宏古城的幽静，
要观摩瑞丽边境的斑斓，
要感受腾冲热海的“热情”，
要看看银杏村
“满地尽是黄金甲”的奇观。
还有神奇的滇缅公路，
以及侨乡和顺
那独特的文化氛围
与诗情画意的田园……

虽然，
整个行程丰富多彩，
收获更是相当可观，
但我总是觉得，
还有很多东西没看完！
当我踏上归途，
又情不自禁地
重复着那句话——
云南，我跟你没完！

（2015.11.23）

傣族村庄“喊沙村”

民族图腾

彩云之南，天高云淡

来到“孔雀之乡”

千年古邑德宏州，
边陲胜境诱人游。
久仰“黎明”今方见，
喜闻孔雀①唱枝头。

“珍奇园”②内多瑰宝，
“稀奇古怪”不胜收。
最是缅怀周总理，
亲临边寨佳话留。③

不是同根生，终成“一家人”

纪念亭阁载青史，
胞波情浓岁月稠。
不管风云几变幻，
睦邻友好越千秋。

孔雀之乡旧貌改，
芒市腾飞待从头。
各族人民共圆梦，
他朝更上一层楼！

（2015.11.14）

芒市民族公园

“珍奇园”园内一景

注①：德宏州州府芒市，又称“黎明之城”，其出产的绿孔雀堪称“鸟类熊猫”，十分珍贵。

注②：芒市城内有个“勐巴娜西珍奇园”，园内有大量稀奇古怪的古树名木及世界罕见的硅化木玉石，让人大开眼界。

注③：1956年周恩来总理和贺龙副总理陪同缅甸总理到芒市，主持召开中缅边民联欢大会，为中缅友谊奠定了坚实基础，之后，在公园内建起了一座周总理纪念亭。

"天涯地角"

三亚有个"天涯海角",
瑞丽有个"天涯地角"。
虽然只有一字之差,
含义却有千里之遥。
前者形容"遥远偏僻",
后者寓意"亲如同胞"。

中缅边境上的"天涯地角"(图片来自宣传画册)

与缅甸紧邻的瑞丽,
有太多的传奇故事,
更多迷人的奥妙——
一棵大树遮阴两国,
一条藤蔓把两国缠绕;
一口水井两国边民饮用,
一条河流架起了
"连心桥"……

太好了,天涯地角!
在你邻近的畹町,
我感受到
中缅亲密的胞波情谊;
在你旁边的国门街,
我看到了
边贸市场的繁荣与热闹。

太妙了,天涯地角!
你见证了边陲的巨变,
目睹了历史洪流滚滚向前,
任何势力也阻挡不了!

虽然边境上偶有迷雾,
但灿烂的阳光
始终要把边关照耀!
虽然兄弟间偶有分歧,
但"打断骨头连着筋",
一点小摩擦没什么大不了!
求大同,存小异,
互谅互帮,睦邻友好,
比什么都重要!

面对庄严的石碑,
我深有感触:
安宁环境来之不易,
我们要力保国门畅通,
永远成为金光大道。
但愿全世界远离战争,
让和平的大旗飘扬得更高!

(2015.11.15)

83 【彩云之南·组诗】之四

凭吊“国殇墓园”

腾冲城外松柏苍，
忠烈墓园谓“国殇”。
九千英灵埋忠骨，
半世尘封今重光。
当年“远征”①抗日寇，
转战中缅逐沙场。
赢得敌后终无恙，
“国军”功绩不能忘。

残缺皇历轻翻过，
国共携手谱新章。
炎黄子孙恩仇泯，
同仇敌忾灭豺狼！

西行祭奠远征军，
个中意义不寻常。
鲜花一束陵前献，
抚慰英魂上天堂！

中国远征军两位著名美国将军史迪威和陈纳德的塑像

（2015.11.15）

中国远征军名录墙

展览厅大堂

墓园内的“忠烈堂”

注①：指中国远征军。1944年5月至9月，中国远征军第二十集团军在腾冲打了一场收复战，挫杀了侵华日军的嚣张气焰，保住了抗日大后方，为日后全国抗战胜利作出了不可磨灭的贡献。

金色银杏村

银杏村内一景

千里迢迢觅群芳，
未料腾冲赛苏杭。
秋来固东更惊艳，
满目银杏一片黄。①

村姑盛情待远客，
黄金铺地作“龙床”。
林中摆上农家宴，
飘落黄叶当菜尝。

前人种下银杏树，
今成美景众乘凉。
我欲从中沾瑞气，
“黄袍加身”作帝裳。

天下奇葩人赞叹，
不及腾冲“银杏王”。
树高百尺经风雨，
凛然正气势刚强。

无意争艳却成景，
胜过红杏强出墙。
“遍地尽是黄金甲”，
纵然无花也飘香。

当代“愚公”有创意，
寻常资源巧包装。
打造旅游“新名片”，
银杏古村美名扬！

(2015.11.16)

满地尽是“黄金甲”

村中有棵“银杏王”，树龄千载，树高百丈

注①：腾冲县的固东村拥有3 000多棵从30年至500年树龄不等的银杏树，秋冬季节树叶一片金黄，“满地尽是黄金甲”，蔚为壮观，成为一个独特的旅游新景点。

和顺侨乡美

在腾冲火山群的环抱之中，
藏匿着一条“滇西蛟龙”，
它典雅而华丽，
淡定而从容。
它有美丽的田园风光，
又呈现出纯朴的市集繁荣；
它蕴含着浓郁的文化韵味，
又有明清时代的遗风；
它有全国最大的乡村图书馆，
名人雅士层出不穷。
它有遍布巷陌的古代建筑，
又有连片的参天大树直插苍穹……
它，就是著名的侨乡和顺，
让我浮想联翩，
怦然心动！

风情万种、错落有致的和顺民居

具有浓郁民族特色的侨乡

和顺普通一人家

称它是“世外桃源”，
实不为过，
但它又是重要的驿站，
西南丝绸之路的门户，
与“外面的世界”
紧密地连通。
在这里，我仿佛看见
当年马帮往来的踪影；
还仿佛听见
马蹄声脆，摇铃随风。
它深厚的历史积淀，
独特的自然及人文景观，
换来了一道道光环，
获得天下爱美之人赞颂！

和顺之行，相见恨晚，
我深深地感到，
它的一切
都演绎着与众不同！

（2015.11.17）

遭遇无良导游

与夫人同游腾冲温泉景区

周游列国闯五洲，
每每赞许好导游。
可惜此行成例外，
无良当道气上头。

导游本是一怨妇，
贪婪毕露脸皮厚。
为诱游客多购物，
巧舌如簧无厘头。

翡翠玉石连城贵，
店家回扣肥水流。
无奈团友囊中涩，
不当“水鱼”任刮油。

购物数量未“达标”，
怨妇恶言骂出口。
公然报复使损招，
放任“鸭子”四散游。

从此景点全不“导”，
泼妇顿时成“哑猴”。
机场送行竟无影，
无端结下三世仇！

如此“名导”[①]确少见，
“云旅”乱象令人忧。
坑人积弊不整改，
日后谁个敢回头？

（2015.11.18）

腾冲景色

腾冲景色

腾冲景色

注①：该名何姓导游大言不惭地自称她是保山当地“优秀导游”，实在令人匪夷所思。

三访越南

岁末逢圣诞，
参团游越南。
亲友同潇洒，
寻梦下龙湾。

高铁快如飞，
千里弹指间。
南宁半中转，
东兴过海关。

广府叹早茶，
芒街用晚餐。
夜宿靓酒店，
宾客尽休闲。

养精蓄锐后，
明日逛海滩。
身融大自然，
情寄山水间。

邻邦有仙境，
诱我赴再三。
长者逍遥游，
幸福乐无边！

在广州南站乘高铁出发

（2015.12.25）

88 ‖越南之旅·组诗‖之二

畅游下龙湾

“海上桂林”奇景，
“人间仙境”冠名。
万顷碧波如镜，
三千翠岛浮屏。

“斗鸡”威武对峙，
胜负永难分明。
“月亮”湖水清澈，
猴群大闹山林。

“天堂”近在咫尺，
伸手可摘星星。
“吉婆”世外桃源，
满眼乡土浓情。[①]

世界八大奇迹，
公认胜于冠名。
有幸重游旧地，
深感不枉此行！

乘船游览下龙湾

与夫人在下龙湾

从天堂岛远眺下龙湾

(2015.12.26)

注①：下龙湾有斗鸡岛、月亮湖、天堂岛、吉婆岛等一批著名景点，是游客必到之处。

巴亭广场遐思

胡志明故居内一景

胡志明陵墓

巴亭广场是国家政治中心

这里是越南的象征，
这里是河内的心脏。
这里是社会的缩影，
这里是百姓的希望。
是的，这里是巴亭广场，
与很多“革命圣地”相似，
肃穆有余，激情不足，
刻板乏味，唯缺芬芳。
所不同的是，
这里显得更单调、凝重，
还弥漫着陈腐气息与苍凉……

当我把照片发到“朋友圈”，
立即收到众人的“吐槽”：
“怎么老是些陈旧东西，
几十年来没变样？”
其实，我何尝不懊丧？
我多年前到此观光，
看到的也是如此景象！

有人问为什么，
为什么陈腐苍凉？
难道是时运不好？
莫非穷国就该窝囊？
不见得！
也许有更深层次的原因，
值得人们去探究、去思量。
远的不好说，
就看看眼前这个广场吧！
兴许就能得到某些启示，
让你心胸豁然开朗。

你看那座高高的陵墓，
仿佛有个什么幽灵，
久久地徘徊、游荡，
震慑着四面八方。
它意味着什么呢？
是否意味着
一种旧的体制、左的思潮，
依然根深蒂固地
束缚着人们的思想。
这就是国家落后的根源，
社会进步的路障！

是的，如今的巴亭广场，
虽然还是老模样，
但我们相信，
这样颓废的日子不会太长。
历史潮流滚滚向前，
曙光已在正前方。
但愿我下次再来的时候，
看到的是一番全新景象！

（2015.12.27）

90

新年登衡山

新年乘势登衡山，
南岳大庙气宇轩。
“寿比南山”由此出，
佛道和谐善发端。

粤人祈盼观雪景，
勇攀“祝融”①头顶天。
无奈今年冬日暖，
只见迷雾隐神仙。

（2016.1.8）

衡山南天门

91

艳阳照花城

龙舟鼓声歇，
艳阳照花城。
琼楼居一寓，
盛世享太平。

（2016.6.27）

广州花城广场

注①：衡山顶峰谓之“祝融峰”。

2016年伊始，应河南战友王扬惜的邀请，我们一行来到郑州，参加某企业的庆典活动，恰遇当地出现严重雾霾天气，令人扫兴，有感而发。

中原雾霾大

中原雾霾大，
旷野蒙查查[①]。
城市更灰暗，
交通乱如麻。

昔日穷郑州，
如今现代化。
虽有金银山，
环境令人怕。

城乡遍工地，
扬尘漫高厦。
车流滚滚来，
拥堵似虫爬。

噪音扰安宁，
尾气刺鼻辣。
街头乱摆卖，
留下脏旮旯。

旧地今重游，
感触特别大。
如此雾霾天，
不如快回家！

（2016.1.8）

黄河岸边霜雾浓

黄河岸边“鲤鱼舫”

注①：蒙查查，粤语方言，意为看不清楚。

黄河了字歌

世人都说黄河好，
如今美景消失了。
“花园口”[1]外长堤岸，
荒草萋萋叹寂寥。

裸露河床成野径，
瘦驼破车滩头跑。
朔风呼呼霾漫天，
滔滔河水不见了。

景物苍凉人罕至，
孤舟搁浅岸边锚。
虽有鲤鱼招徕客，
游人兴味失去了。

沿途高速路纵横，
车水马龙噪声嚣。
反衬大河更失色，
“母亲”情怀哪去了？

中原巨变世瞩目，
遍造新城势如潮。
青山绿水难寻觅，
环境破坏不得了。

人皆向往家园美，
追逐梦想不动摇。
不到黄河心不死，
到了黄河心死了！

郑州市郊黄河边上的花园口村

（2016.1.9）

注①：“花园口”位于郑州市郊区黄河边。

谒黄帝故里

人文始祖地，
黄帝故里依。
中华五千年，
新郑奠宏基。[①]

浩瀚百家姓，
玄妙一盘棋。
历经朝代改，
龙种续鸿禧。

黄帝故里一景

轩辕黄帝雕像

轩辕耀千古，
神州沐晨曦。
虔诚祭先祖，
热血写传奇！

(2016.1.9)

注①：黄帝故里位于郑州新郑市。

95

春节回乡拜年

2016年2月4日，猴年春节前夕，适逢“立春”，天气骤然暖和，一年一度携家眷回增城区三江镇葵湖村老家，向本族宗亲拜年，男女老幼共七八十人同欢聚，热闹非凡。

故乡风光

故乡祠堂

猴年前夕逢立春，
连日寒潮忽绝尘。
艳阳伴我回乡去，
捎缕春光慰亲人。

故居再留明媚影，
虽是原貌但觉新。
锦绣田园千顷绿，
喜宴三杯醉族群。

（2016.2.4）

春满厅堂

羊城花市旺，
我家设“分场”。
繁花喜荟萃，
宅第竞芬芳。

金橘祥和兆，
蕙兰映豪光。
牡丹添富贵，
红运秀海棠。

水仙品高洁，
墨兰漫幽香。
百合和谐美，
芍药赛霓裳……

“猴”来满堂艳，
喜迎国运昌。
但愿春永驻，
他朝更辉煌！

（2016.2.8）

家住广州珠江新城

水仙

蕙兰

金橘

芍药

剑兰

97

春游到贺州

猴年开春乐周游，
首站欣然赴贺州。
两广高铁连一线，
心潮逐浪竞风流。

昔日僮乡穷僻壤，
如今处处建新楼。
登高灵峰①放眼望，
古城美景眼底收。

广西旅游添胜地，
贺州发力争上游。
后起之秀怀壮志，
敢把桂林抛后头！

（2016.2.28）

登上贺州灵峰山顶

注①：指贺州市内标志性景点灵峰山。

98

黄姚古镇

千年古邑黄姚镇，
山水绕城映绿洲。
世外桃源成“敌后”，
昔日繁华聚名流。①

真武②名山风水地，
守望古镇神韵留。
清溪岸边巨榕荫，
桥亭诗联阅千秋。

宗祠宅第遍陌巷，
客栈林立翰墨稠。
豉酱飘香成贡品，
文物瑰宝吸眼球。

（2016.2.29）

黄姚古镇一景

与夫人在真武山留影

注①：此地曾是抗日敌后方，聚集了众多名人志士。
注②：黄姚古镇有一座风水山，名叫真武山，在镇内任何角落均能看到其雄伟的英姿。

姑婆山

“贺州名片”姑婆山，
万木葱茏接云天。
瀑布溪流长不竭，
“天然氧吧”赐人间。

风水宝地谁发现？
港视“翡翠”写新篇。①
茶浓酒醇皆入史，
名剧引来客万千。

主人邀饮酒不醉，
客至品茗意犹酣。
影视城②中稍憩息，
凡尘远去欲成仙！

姑婆山影视城一景

(2016.2.29)

注①：香港翡翠电视台曾在此拍摄《茶是故乡浓》和《酒是故乡醇》两部电视连续剧，深受境内外观众热捧，从而使贺州和姑婆山的知名度大大提高。

注②：当年拍剧的外景地九里铺酒厂和方家茶园，如今已成为著名的旅游景点，游客到此可免费品尝名酒和名茶，据说该酒厂生产的多种名酒均不会喝醉人，即便醉了也不会上头。

“南国桃园”赏桃花

人间四月芳菲尽，
此地春深桃花红。
漫天殷雪醉远客，
诱我“临老入花丛”[1]。

桃红李白相辉映，
缤纷霓裳韵无穷。
老夫忘情融花海，
嬉乐留影似顽童。

人生易老天不老，
难得桃李伴青松。
春游更添凌云志，
恰如相思鸟出笼。

太平盛世景色艳，
人面桃花相映红。
笑问青春何焕发？
花香化作荷尔蒙！

“南国桃园”赏桃花

“南国桃园”一景

(2016.3.7)

注①：此乃广东俗语，意为老来享艳福。

飞到遥远的巴西

都说周游世界很潇洒，
都说国际航班很惬意，
可谁知道，
远涉重洋的艰辛，
经济舱的“委屈”与拥挤？
昨天凌晨四点半，
我带着惺忪的睡眼离开家门，
赶汽车、乘轮船、坐飞机，
转辗香港、登陆美国，
从达拉斯再启程，
直奔遥远而神奇的巴西……
尝遍了海陆空的滋味，
三十六个小时，
数万里的行程，
在我的人生之旅，
还是第一次！

有人问我：
年逾古稀了，
为何还要舍命地奔波，
不惜“折磨”自己？
我的回答很直率：
“生命在于运动，
年龄早已被我忘记！”
难道不是吗，
旅游就是一剂“抗老药”，
又如给我安上一台
大功率的“永动机”！

巴西圣保罗的蓝天

南美洲，
充满着浪漫与激情，
更多美丽的传奇，
对我来说，
那是一种多大的诱惑力！
我要在有生之年，
踏足这块诱人的“处女地”！
哪怕它多么遥远，
哪怕它路途崎岖，
我都要完成
人生这一重要创举！

“有志者，事竟成。”
当我健步走下舷梯，
豪迈之情不禁涌上心头，
为自己鼓掌，
为团友打气。
艰苦的旅程还在后头，
我们要一鼓作气地
闯过道道关卡，
直到“世界尽头”[①]，
探寻更多南美的秘密……

与香港团友徐先生在中转机场（美国达拉斯）合影

（2016.3.17）

注①：南美洲最南端有个叫“火地岛”的地方，人称“世界尽头”。

畅游亚马孙河

人生旅游逸事，
难忘亚马孙河。
“地球之肺”探秘，
黑白①波涛欢歌。

亚马孙河黑白支流交汇处

忆昔常思净土，
无奈梦想高阁。
今朝有幸赏赐，
却也疑心幻觉。

溯源深入雨林，
惊见猛禽出没。
猴鸟结队“欢迎”，
激怒浅滩大鳄。

热带雨林探险

无惧食人红鲳，
垂钓颇有收获。
主人盛设鱼宴，
端上河鲜满桌。

环游世界未倦，
天天交足功课。
若问此景如何？
冠军永不旁落！

（2016.3.19）

注①：位于巴西玛瑙斯的亚马孙河中上游，有两条支流汇合，一条河水呈黑色，另一条河水呈白色，堪称奇观。

登里约耶稣山

何处会耶稣？
里约热内卢。
巅峰立神像，
惊世擎天柱。

世界新奇迹，[①]
膜拜大众呼。
虽是庞然物，
其实心虚无。

浩浩“朝圣”者，
未几真信徒。
多为猎奇异，
极目海天舒。

热衷人造神，
难免“混糊糊”。
匆匆别帝城，
移情伊瓜苏。[②]

里约耶稣山上的巨大耶稣雕像

（2016.3.22）

注①：此雕像近年入选“世界新七大奇迹”之一。
注②：下一站为世界最大瀑布群伊瓜苏瀑布。

巴西啖烤肉

万里迢迢赴巴西，
正宗烤肉啖其时。
里约华灯初上后，
食肆爆满拒来迟。
幸而团餐早预订，
见缝插针笑及时。
西餐格局排排坐，
静候佳肴涎欲滴。
大厨精品送上桌，
侍应刀下骨肉离。
指点迷津先“培训”，
牛身编号①叹新奇。
店主盛情频劝吃，
不计成本重情谊。
“OK，OK”夸宾客，
劝君尽管放肚皮。
此刻只闻烤肉香，
滞腻、上火暂不提。
无奈胃肠终有度，
“好汉”纷纷举白旗。
异域风情铭心记，
谁欲破解个中谜？
生意兴隆凭本事，
发达还须敬“上帝”！

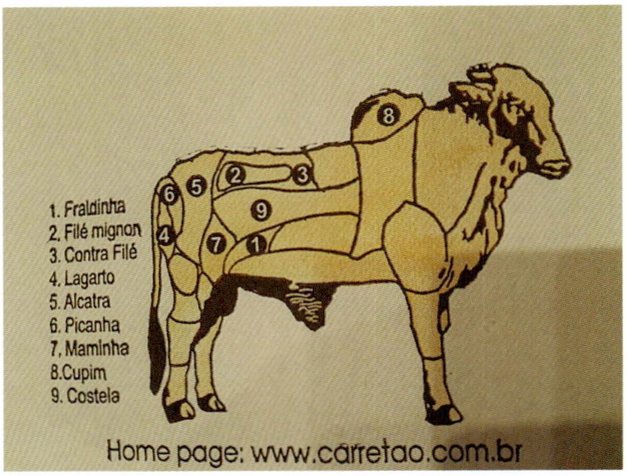

牛身编号

巴西啖烤肉

（2016.3.23）

注①：巴西烤肉将牛身各部位编上号，任食客选择，随即送上，挥刀切下，敬奉顾客。

壮哉，伊瓜苏

天下瀑布不胜数，
称雄世界伊瓜苏[①]。
激流横跨四公里，
银箭射穿百丈湖。

远听雷鸣天鼓响，
近看海啸惊世图。
上帝造物随所欲，
神剑劈开万壑谷。
千年奇景深闺秘，
一鸣惊人换新符。[②]
尼亚加拉黯失色，
当叹小巫见大巫！

（2016.3.23）

伊瓜苏瀑布

注①：指巴西与阿根廷交界的、世界最大的伊瓜苏大瀑布。
注②：2007 年伊瓜苏瀑布被评为“世界新七大奇迹”之一。

106 | 南美四国之旅·组诗 | 之六

来到“世界尽头”

“世界尽头”公路，阿拉斯加到此 1 7848 公里

在北半球，
越往南走，越靠近赤道，
炎炎烈日，大地似火烧；
在南半球，
越往南走，越靠近“冰窖”，
南极的寒风，把人冻得受不了。
我们来到南美洲的最南端，
“世界尽头”的火地岛，
感受极地的氛围，
“天涯海角”的风貌。

远方皑皑的雪峰，
仿佛向我们招手；
近处浩瀚的大洋，
欢迎我们投入它的怀抱。

“世界尽头”火车站

“世界尽头邮局”邮件寄到全球

火地岛的港湾，
邮轮、货船熙熙攘攘，
乌斯怀亚[①]的码头，
汇聚着南来北往的人潮。
谁说这里山穷水尽？
谁说这边地远天高？
它其实连接着全世界，
一点也不寂寞，
一点也不无聊。

假如你口馋了，
可到“世界尽头中餐馆”，
尝一尝家乡菜的味道；
假如你思念亲人，
可到海边那个
“世界尽头邮局”，
寄几张精美的明信片，
让它把你的思念带回亲人的怀抱。

你想放飞心情吗？
请坐上“世界尽头小火车”，
来到国家森林公园，
感受人生的逍遥……
是的，
“世界尽头”令我们神往，
一辈子也忘不掉！

(2016.3.25)

注①：乌斯怀亚是世界最南端的城市，被人们称为“世界尽头城市”，它距南极不到 1 000 公里，成为阿根廷往南极的中转站。

莫雷诺大冰川

在游船上观看大冰川

近距离接近大冰川

大冰川奇观

见过冰天雪地，
没见过这么大的冰川；
经历过振奋人心的场面，
没感受过如此巨大的震撼！
阿根廷莫雷诺冰川，
无疑是上帝的杰作，
绝对称得上世界的奇观！
你看，巨大的冰凌
从安第斯山脉倾泻而下，
气势多么磅礴，
把四十公里峡谷填满，
四千米宽、六十米高的断层，
把阿根廷湖拦腰截断。
晶莹剔透的冰山，
映衬着碧绿的湖水，
反射到白云蓝天，
宛若一个童话世界，
让人回归纯真的本性，
襟怀坦荡，浮想联翩……

我们乘船靠近冰崖，
企图融入梦幻般的仙境，
然后登岸观察，
力求寻找新的发现。
忽然，
一阵轰隆隆的声音传来，
原来是冰川在崩塌，
巨大的冰块瞬间掉落湖中，
腾起了一阵冲天云烟。
人们纷纷竞抢镜头，
记录下这一幅
震天动地的壮丽画卷！

有人说，其实
观赏冰雪奇观
不需要走这么远，
如果你嫌南北极不安全的话，
不妨到莫雷诺来，
也可得到真实的体验。
我已经非常满足，
因为这一次，
让我实现了人生又一个夙愿！

（2016.3.27）

108 | 南美四国之旅·组诗 | 之八

马丘比丘景观

马丘比丘的辉煌

天苍苍，地茫茫，
人烟灭绝荒野凉。
印加宫阙今重现，
马丘比丘耀辉煌。

悬崖峭壁建城郭，
扶摇直上登脊梁。
俯瞰深渊飞鸟绝，
“海市蜃楼”坠河床。①

陡坡削平梯台窄，
巨石天工筑院墙。
神殿宅第星棋布，
百五女骸祭太阳。②

鬼斧神工应逊色，
外星超人愧当场。
七大奇迹晋新秀，
三顶光环③天下扬。

举世瞩目争朝圣，
客似云来宏愿偿。
惊叹胜景无伦比，
却留悬念费思量。

缘何造城蛮荒地，
谁使巨石上山梁？
无须信奉鬼神力，
人类智慧创辉煌！

(2016.4.4)

马丘比丘景观

马丘比丘景观

注①：在废墟山谷下，有条乌鲁班巴河蜿蜒流过。

注②：据传，在神殿地下曾挖掘出150具女性骸骨，她们生前都是年轻貌美的女子，在祭典中被作为祭品，献给了太阳神。

注③：近年来，马丘比丘相继获得“世界文化遗产”“世界自然遗产”和“世界新七大奇迹”之一这三项殊荣。

街头雕塑剪影（四首）

南美不少国家曾遭受西班牙和葡萄牙的殖民统治，从而留下了较浓郁的欧陆风情，街头雕塑艺术很普遍，令人赏心悦目。其中，有四件作品给我留下了深刻印象。

巴西女郎①

巴西混血女郎多，
性感迷人看大波②。
屁股高翘腿粗壮，
魔鬼身材配酒窝。

天生痴迷桑巴舞，
热辣激情伴帅哥。
秀场盛装比基尼，
露点寻常任评说。

巴西女郎雕像

（2016.3.18）

开拓者③

铁骑铿锵动干戈，
众志成城撼山河。
若非他族齐献力，
何来今日圣保罗？

民族振兴睦邻助，
友邦持援功不没。

开拓者雕像

注①：此雕像陈列于圣保罗“拉美民俗展览馆”广场。巴西女人身材有三大特点：胸大、臀翘、腿粗壮。

注②：粤语“波”意为乳房。

注③：此雕像陈列于圣保罗市中央公园外的草坪上。

婴儿成才当感恩，①
友谊长传谱新歌。

(2016.3.19)

民族英雄②

凛然傲气抗黑熊，
浴血终成“独眼龙”。
印加骁才感天地，
虽败犹荣亦英雄。③

当思和平发展计，
同为旧朝敲丧钟。
悠悠历史翻新页，
殖民硝烟早无踪。

(2016.3.30)

圣地亚哥市“武器广场”上的独眼英雄雕像

热　吻④

利马市海滨“爱情主题公园”雕像

情侣缠绵冲动，
东风压倒西风。
热吻激情奔放，
观者无不动容。

珍惜幸福时刻，
无憾岁月匆匆。
爱情崇高纯洁，
谁不乐在其中！

(2016.4.4)

注①：作品描绘了多个国家及民族同心合力帮助巴西建国，奋勇开拓的情景。其中有一妇女怀抱婴儿，该婴孩乃是第一代巴西人。

注②：此雕像立于智利首都圣地亚哥“武器广场”。

注③：作品反映一位印第安土著首领，为抗击西班牙入侵者浴血奋战，终告失败的事迹。其眼神充满对历史和文化的追溯与思考，意义深刻，耐人寻味。

注④：此雕像立于秘鲁首都利马海滨的“爱情主题公园”，原型为雕塑家本人及其妻子 。

快乐的购物狂

在那遥远的地方，
来了一伙购物狂。
他们来自中国广州，
背一个简朴的行囊。
他们酷爱旅游，
更喜欢淘宝逛商场。
你看，
进了店腿就挪不动了，
瞄到好东西两眼就放光。
什么巴西黄宝石、海蓝宝，
什么阿根廷鸡血石、绿翡翠，
什么智利陈酿红酒，
什么秘鲁新款时装……
买买买！
把行囊塞得满满。
淘淘淘！
装不下再买个大皮箱。
手也提，车也拉，肩也扛，
如牛负重，
活像一伙高级的乞丐，
浩浩荡荡奔机场。
办理登机时傻眼了：
行李统统超重，
罚你没商量！

在那遥远的地方，
告别这伙购物狂。
他们一个个心满意足，
他们一个个心花怒放。
看着淘来的心仪宝贝，

“购物狂”们在秘鲁古城库斯科遗址合影

“购物狂”们在秘鲁首都利马中心广场与当地居民合影

仿佛打了一场大胜仗！
请不要误解和指责他们，
请不要批评人家“崇洋媚外”，
把“不爱国”的帽子
随便扣在他们头上。
旅游购物天经地义，
淘宝就是要淘个快乐，
当一个“购物狂”又何妨！
我的事情我做主，
自己的钞票自己花，
何须理会他人
投来什么样的目光！

(2016.4.4)

从化温泉偶拾

闲游泡温泉，
从化有名汤。
流溪河畔翠，
相映焕容妆。

源头水依旧，
情迷老地方。
松园①三别墅，
群贤永流芳。

昔日徒奢望，
今把贵宾当。
草民变上帝，
莫说破天荒！

名泉小苏打②，
洁脂祛腐疮。
清腐肌体健，
长寿乃妙方。

与夫人同游从化“岭南第一温泉”

（2016.4.18）

注①：广东温泉宾馆早期建有一、二、三号“松园别墅”，专门接待国内外元首及政要，历来戒备森严。

注②：该温泉水乃世界著名的小苏打型矿泉水，洁净力特别强。

112

游佛山祖庙

岭南古建看祖庙，
屹立禅城越千年。
最是诱人非香火，
博物珍藏众流连。

石雕古拙堪瑰宝，
檐梁陶塑艺非凡。
园林清幽戏台闹，
龟池放生别洞天。

佛山祖庙正门

刻骨铭心血印石，
辛酸故事广流传。[①]
遗物无声诉万恶，
今人忆念慰新天。

南派武林早兴起，
叶问旋风贼胆寒。
飞鸿绝技殿堂展，
宗师精神励人寰！

（2016.5.28）

注①：“血印石”又叫“剐人石”，源自一民间传说。旧时当地有个穷孩子，被地主怀疑偷了他家的鹅来吃，质问其中午吃了什么？小孩因先天口吃，说话不清，把“吃螺”说成“吃鹅”，于是被定罪，要重罚。小孩母亲不相信，问地主如何才能证明不是他偷的。地主说，剖开肚肠看看。母亲气昏了头，随即回家取来菜刀，把儿子按在石板上剖了，结果证明吃的是螺肉，而不是鹅肉。但儿子死了，她悲痛欲绝，遂也举刀自杀，两个尸体伏在一起，鲜血流满石板。石板上至今仍留有血印，清晰可见。

113

端午赛龙舟

潮满珠江赛龙舟，
情动五羊镇海楼。
万人空巷江边涌，
助威金龙争上游。

锣鼓喧天彩旗舞，
鞭炮齐鸣震江洲。
叱咤健儿齐奋力，
龙腾虎跃势如牛。

群龙追逐如飞箭，
勇者称雄拔头筹。
最羡“巨人”广州塔，
见证盛世龙抬头。

弘扬传统圆国梦，
中华崛起耀全球。
有我东方猛龙在，
美日核潜缩龟头！

珠江上龙舟竞渡

（2016.6.9）

114

好　奇

赏心悦目事，
阳台花开时。
众花亲手栽，
遍赏醉如痴。

巡芳惊发现，
花异引猜疑。
两盆红鸡冠，
明显分高低。

当初移栽慎，
幼苗一般齐。
为何花开日，
“兄弟”拉距离?

本是同根生，
雨露沐晨曦。
只缘盆有别，
大小藏玄机。

大盆利发展，
小盆浅根基。
舞台定乾坤，
成败不成谜。

生存凭环境，
处处含哲理。
人若有作为，
勿恋小天地!

大小悬殊的两盆鸡冠花

(2016.6.26)

115

送别台风

妮妲[1]作客广东，
乍看来势汹汹。
预报十四五级，
史上最强最凶。
全民严阵以待，
防范丝毫不松。
居家储备粮油，
应付停市停工。
车船飞机停摆，
几乎断绝交通。
谁料台风登陆，
霎时泄了威风。
沿岸轻轻掠过，
顿变老态龙钟。
留下创伤些许，
未见灾痕重重。
倒是送来甘露，
驱走酷暑当空。
雨洗碧绿大地，
原野郁郁葱葱。
有人因此调侃，
要给妮妲记功。
如此善解民意，
当评“优秀台风”。
更贺南粤福气，
灾害一去无踪！

（2016.8.3）

告别台风，家园更美

注①：此次台风命名为“妮妲”。

116

游东莞观音山

偶意登临观音山[①]，
不拜菩萨不求仙。
只缘小恙初愈后，
闲觅净土慰心欢。

陡坡蜿蜒通幽处，
巅峰巨佛矗云天。
革面洗心淋漓汗，
犹胜焚香志弥坚。

（2016.8.15）

与朋友梁计照先生同游观音山

观音山顶巨大的观音菩萨像

117

试比高

魅力羊城展新貌，
琼楼如笋节节高。
远望东塔似“小子”，
雄姿却超“小蛮腰”！[②]

（2016.8.15）

坐落于广州花城广场的东塔雄姿（图片来自宣传资料）

从珠江公园远望东塔

注①：观音山位于东莞市樟木头镇，是全国著名文化景区之一。

注②：从珠江公园远眺东塔（周大福金融中心），像个“小不点”，其实它是最近落成的广州第一高楼，530米，共116层，比西塔（广州国际金融中心大厦）、广州塔主塔（俗称“小蛮腰”）还要高。

2016年9月10日至21日，赴以色列、约旦旅游。这两个相邻之国，是举世公认的神奇国度，既使人增长了很多知识，又令人感慨良多。现把在旅途中的见闻及感悟所写成的五首诗篇，收录如下，以资纪念。

戈兰高地遐想

位于以色列北部与叙利亚接壤的戈兰高地，曾是多次中东战争的旧战场，以色列人在此创造了以少胜多、以弱胜强的战争范例，举世惊叹！如今，戈兰高地已成为一个旅游新景点，我们有幸亲临观光，在现场回忆昔日惨烈的战况，同时目睹今日祥和之景象，对比强烈。忽然，从叙利亚一方又传来阵阵内战的枪炮声，不禁令人毛骨悚然，浮想联翩，感慨万千……

以色列戈兰高地以北就是叙利亚，山下的缓冲带由联合国管辖

联合国派出的维和部队，在戈兰高地设立观察卡

戈兰高地的旧战壕上，留下很多以战争为题材的艺术雕塑

秋色茫茫　山野洪荒
戈兰高地　雄踞北疆
遥想当年　激战沙场
以军抗敌　反击列强
民族大义　上帝护航
同仇敌忾　以弱胜强
经典战例　举世褒扬

硝烟散去　隐患暗藏
联合国军　设哨瞭望
缓冲地带　严防扰攘
战壕成景　游客观光
兵民合影　笑声朗朗
忽闻叙国　传来炮响
近在咫尺　未免惊慌
内战阴云　恐怖疯狂
众人期盼　放下刀枪
持久和平　旅业兴旺
世界大同　富民安邦

（2016.9.13）

119 【以色列、约旦旅游·组诗】之二

域外过中秋①

被评为“世界新七大奇迹”之一的约旦佩特拉古城风光

中东旅游期待久，
适逢约旦过中秋。
玫瑰古城邀明月，
共尝“莲香”慰乡愁。

婵娟何止共千里，
隔洋遥望忆广州。
游子域外齐欢聚，
赏月疑在“五层楼”。

中秋月圆皆皎洁，
谁知人间有喜忧。
战乱频仍难民苦，
沦落异乡泪长流。

千年古城情依旧，
何日普天乐悠悠？
但愿环宇同凉热，
万家团圆庆中秋。

（2016.9.15）

古城最著名的大力神神殿

中秋夜，在佩特拉古城赏月，月亮特别明亮

注①：在约旦佩特拉古城过中秋，别有一番情趣。此市又称为玫瑰古城，其地形地貌及建筑之奇特，堪比金字塔，被评为“世界新七大奇迹”之一，且排名第二。第一名是中国万里长城。我们旅游团的部分团友欢聚赏月，品尝从广州带来的莲蓉月饼，对酒当歌，其乐融融，抒发满胸情怀。诗中所言“五层楼”，即泛指广州。

120 | 以色列、约旦旅游·组诗 | 之三

死海[1]奇观

往日“谈死色变”，
今日“视死如仙”。
不远万里而来，
融入死海撒欢。

死海其实非海，
是湖却非一般。
顾名思义不假，
诠释“死因”简单。

约旦河水灌注，
下游拦腰阻断。
内陆湖泊形成，
两国互为彼岸。

死海浮游，即使不会游泳，平躺在水面也不会沉

用死海淤泥涂身，有明显美白和保健作用

躺在水面可看书读报

烈日酷暑燥风，
湖水浓缩千年。
高盐鱼虾绝迹，
生物荡然无存。

湖水浮力托人，
潇洒漂浮水面。
“旱鸭”不会下沉，
躺着看书充电。

湖底矿物丰富，
泥巴也赚大钱。
美容产品众多，
市场前景无限。

特色旅游热火，
遍地豪华酒店。
天天客似云来，
游人无不点赞。

死海旷世奇观，
天下难得一见。
若想长生不老，
到此安度晚年！

（2016.9.16）

注①：死海位于以色列和约旦之间，资源共享。

哭墙哀思

圣殿山下残墙败，
犹太圣地尸骨埋。
民族苦难堪追忆，
游子哭声恸地哀。

千年悲愤凝铁血，
家园尽毁志不改。
流落天涯创伟业，
屹立世界新舞台。

面壁哭墙成一景，
游客仿效抒情怀。
犹太精神作榜样，
祈愿和平向未来！

（2016.9.18）

从耶路撒冷老城远眺，哭墙就在金色圆顶清真寺平台下边

哭墙前留影

虔诚的犹太教徒在哭墙前祷告

耶稣的诞生地——位于巴勒斯坦控制区的伯利恒市区远景

以色列之旅，参观“三教圣地”耶路撒冷众多名胜古迹和宗教遗址，无疑是重头戏，收获不少。然而，获取丰富知识的同时，我不禁又产生一些疑惑与感悟，特赋如下诗作，以记之。

问上帝

耶城①风云际会，
三教②圣地珍贵。
耶稣洞穴降生，
圣母广施慈悲。
基督精神传世，
耶稣视死如归。
复活故事感人，
万千信徒洒泪。
引来八方朝圣，
众人有口皆碑。
可惜世界不宁，
仍见战火纷飞。
诚心叩问上帝，
何日惩恶扶危？
但愿天下太平，
环宇绽放光辉！

（2016.9.19）

在耶稣诞生地——伯利恒圣诞教堂内展示的圣母玛利亚与耶稣的画像

位于耶路撒冷老城内的圣墓教堂，是耶稣被钉十字架致死，三天后复活并升天的地方

注①：“耶城”即耶路撒冷。
注②：“三教”指犹太教、基督教、伊斯兰教。耶城是全世界三大教的源头和共同圣地。

Part 2

［第二部分］

七彩情怀

1

老来风流添活力——七十抒怀

人生七十古来稀，
如今百岁称小弟。
白发染黑赛小伙，
老来风流添活力！

万事如意不强求，
顺其自然最实际。
养生之道千百条，
心态平衡数第一。

悲观烦恼抛九霄，
笑口常开不生气。
“自找苦吃”勤动脑，
远离痴呆要给力。

清规戒律少为好，
有吃有玩尽管去。
亲朋好友常聚会，
和谐家庭睦邻里。

一不小心过百岁，
“老马”招呼别搭理。①
要坚信——
我就是神仙，
我就是上帝！

与家人共庆七十大寿

与潘启江老师（左）及校友黄锦裳（右，著名影视明星）合影

(2012.10.12)

注①：“老马”戏指马克思，意为“不向马克思报到”。

2

喜当“七〇后”——《艺海欢歌》出版暨七十一岁寿辰志庆

前年“古稀”做大寿，
展望来日更风流。
转眼七一今又到，
宜将何礼献白头？

老朽笔耕从未歇，
呕心沥血再绸缪。
新书一册敬父老，
《艺海欢歌》壮志酬。

意气风发“七〇后”

出版两本新书向71岁生日献礼

淡泊人生曲折路，
只凭感觉放胆走。
咬定青山志笃定，
艺苑繁花不胜收。

更有神气“小花鹿”①，
唤起童真不知愁。
烂漫天真多奇趣，
焉知作者“七〇后”？

年年生日有新意，
不甘平庸度春秋。
乐天勤劳人长寿，
且听“老童”话西游！

(2013.10.12)

注①：在出版文艺作品集《艺海欢歌》的同时，还出版了一本儿童文学集《小花鹿剪辫子》，一起向本人71岁生日献礼，同时献给广大小朋友读者。

3

古稀再续新篇——七十二岁感怀

果然光阴似箭，
瞬间又过一年。
几乎忘了“贵庚”，
只因未察老颜。

管他天下大乱，
我自气定神闲。
更加惜时如金，
继续奋力向前！

但愿时光倒流，
飒爽英姿重现。
七二忽变二七，
“神童”法力无边！

回眸人生无憾，
唯叹才疏学浅。
幸而勤能补拙，
待我再续新篇！

摄于杭州富春江

(2014.10.12)

4

吃 面

平时总是瞎忙，
今日难得休闲。
与朋友一起逛街，
尝尝驰名的广州云吞面。
食客非常拥挤，
服务员一头大汗，
忙得团团转。

终于，面条端来了，
她显然是一位新手，
一个不小心，
把面条洒了小半碗。
顿时，她手足无措，
尴尬的表情
写满她那稚嫩的脸。

怎么办？
不知受一股什么力量驱使，
我毅然抢前一步，
把那半碗面条
端到自己面前。
朋友给我打个眼色，
分明在问：这么吃亏你也干？
我喃喃地说："不要紧，
就当我们刚才没看见！
不妨设想，
假如我拒绝这碗面，
不吃这点亏，
兴许人家就会砸烂饭碗……"
于是，朋友理解了，
我的心也更坦然，
竟不顾斯文，狼吞虎咽！
不知为什么，
此时我觉得，
这碗面，
味道特别特别鲜！

（2014.11.18）

广州泮溪酒家（图片来自网络资料）

5

寻文启事

在书房写作

糟糕！
我丢了一样东西，
心里无比焦急！
那不是金钱，不是珠宝，
也不是荣誉，
而是一堆
用心血凝练而成的文字。

废寝忘餐，绞尽脑汁，
终于把《东欧纪游》写完，
艰难地问世。
可是，当我对文章精心雕琢，
作最后润色之时，
电脑却突然死了机！

尽管曾给文件“保存”，
但不知为何导致乱码，
一组组瑰丽的文字
竟变成了一堆堆
鬼神莫辨的“僵尸”！
为此，
我骂娘，砸机，赌气……
但一切都枉然，
毫无实际意义！
唯有另起炉灶，
从头写起！

又是几个不眠之夜，
又是几番心力透支，
七篇“失踪”的文章
终于再现荧屏，
心头那块巨石
才真正落了地！
于是，
我又找回了信心，
激发起更大的斗志！

“寻文”原是意外事故，
最后却演绎成
一个励志的故事。
它给人以启发，
让我更“认识”了自己。
谁说文人天生懦弱？
谁说长者没有回天之力？
看吧！
我就没被电脑所吓倒，
最终克服了困难，
迎来了胜利！
此刻，
欢呼？庆祝？陶醉？
不，没有必要，
也是来不及。
因为我，
又有新的任务在召唤，
我要立马进入战斗状态，
准备冲击更险峻的高地！

(2014.11.25)

6

吃　斋[1]

做客华首台，
本不为吃斋，
大师亲下厨，
顿时胃口开。

酒肉未穿肠，
虔诚心犹在。
粗茶淡饭香，
谈笑乐开怀。

印得大师亲自下厨

佛门清净地，
规诫不曾改。
高朋常满座，
阔论说未来。

关心天下事，
自觉拂尘埃。
同声斥贪腐，
众口道“善哉”！

（2014.12.8）

注①：受罗浮山千年古寺华首台住持印得大师邀请，登门做客，共进斋餐，谈经论道，有感而作。

7

七绝和诗（两首）

重庆老朋友、著名学者张道康先生作七绝诗一首，求和者，我即兴回赠两首，以凑热闹。

附：张道康原诗

一生汗洒字行间，
两袖清风鬓雪添。
圣诞唱诗祈幸福，
平安夜里梦平安。

（2014.12.23）

好友张道康先生

本人和诗

之一：庆新年

百姓感怀肺腑间，
难逢千载笑颜添。
新年颂曲频祈福，
华夏融融梦平安。

之二：爱情

一往情深把手牵，
飞霜两鬓爱尤添。
人生淡泊便是福，
比翼凰凤[①] 赛神仙！

（2014.12.30）

风雨同舟（摄于越南下龙湾）

注①：我姓黄，与“凰”谐音，夫人名带“凤”字，故曰“凰凤”。

8

新年晒幸福

乔迁十载居华府[①]，
心怀感恩晒幸福。
若非改革与开放，
何来今日居有屋？

中华崛起百姓富，
我与祖国同进步。
古稀之年怀新梦，
告别高楼住别墅！

位于广州珠江新城的美丽家园

（2015.1.1）

9

书香飘故乡——回故乡赠书有感

在家乡三江中学留影（左二为作者）

新年丽日暖洋洋，
羊城诸友回故乡。
三江中学会师生，
敬赠丛书留墨香。

游子七秩笔耕乐，
浪迹五洲著华章。
感恩桑梓培苗圃，
“才源”[②]茂盛达三江！

（2015.1.17）

注①：指广州珠江新城金碧华府小区。

注②：我的家乡是广州市增城区三江镇，特借“财源茂盛达三江”这一传统对联之意，比喻“才源”。

10

感悟微信

科技昌明，推陈出新。
微信上线，万众欢欣。
广传信息，速度惊人。
天下大事，迅即可闻。
洞察时势，料事如神。
反腐打假，堪称功臣。
广交朋友，关心网群。
励志劝善，明哲修身。
指导养生，健体怡神。
表达见解，笔锋手勤。
高谈阔论，皆成美文。
大V频现，作家如云。
人才辈出，浩浩大军……

与战友潘英棠先生（左）共赏微信

微信微信，未可全信。
诸多八卦，切莫当真。
谨防迷恋，疏远众亲。
杜绝浮躁，根基扎稳。
不尚浅薄，不陷纠纷。
远离虚伪，莫信鬼神。
夸夸其谈，口水乱喷。
漏洞百出，失礼死人！
奇谈怪论，善判伪真。
切莫传谣，害己害人。
出言不慎，惹火烧身！

微信微信，振奋精神。
趋利除弊，轻装上阵。
魔力无限，玩转乾坤！

寥寥数言，肺腑纯真。
有感而发，赠予诸君。
展望羊年，万象更新！

（2015.2.5）

11

“度日如年”新解

昔日历尽苦难，
常叹度日如年。
谁料太平盛世，
如今又闻此言。
皆因时代变化，
网络用词新鲜。
旧话赋予新解，
含义别如天渊。
今说“度日如年”，
其实充满甘甜。
比喻生活富足，
天天胜似过年。
如此反话正说，
长者出口成篇。
退休无忧无虑，
快乐赛过神仙。
还有“坐以待毙（币）”，
听来十分可怜。
实为“不劳而获”，
睁眼就有钱来。①
市场物资丰富，
禽蛋海味任选。
个个“拣饮择食”，
却叹“揾食艰难”。
温饱之后旅游，
地球绕了几圈。
还怨“居无定所”，
五星酒店难眠……

解读四句“反话”，
句句温暖心田。
感谢政府关爱，
百姓欢乐无边。
但愿好上加好，
永远“度日如年”！

（2015.2.21）

广州珠江公园美景

广州珠江公园美景

广州珠江公园美景

注①：退休老人生活有保障，每月定期收到几千元或以上养老金，相当于一睁开眼（每天）都有一两百元甚至更多钱“入袋”。

12

赞挚友

日前收到香港新闻出版社社长古广祥先生寄来新作《词牌巧对话人生》，甚喜。为表谢忱，欣然赋诗一首，回赠之。

挚友本宗姓古，
实乃新潮丈夫。
半世行走江湖，
积攒丰厚财富。
然我最羡君者，
却是友情如故。

古生睿智非凡，
力作“粉丝”惊呼。
大智若愚潇洒，
更贵难得糊涂。
仰其德艺双馨，
我等自愧不如。

虚怀若谷待人，
济世扶危无数。
与君相识卅载，
屡获仁兄帮扶。

平日谋面虽寥，
热情未减温度。
如此挚友难得，
小弟深感知足！

古广祥先生

(2015.4.3)

13

送孙女赴美求学

孙女本是美国人，
华夏成长十五春。
为求学业跨洋去，
回美深造“搏文凭”。

告别父母堪淡定，
乳燕单飞暂离群。
从来英才经风雨，
龙脉传承倍精神。

莫道西洋天高远，
中美同是地球人。
寄望学子勤奋发，
书山险峻勇攀登。

走遍天涯不忘本，
树高落叶终归根。
今朝惜别留笑意，
喜看他日上青云！

（2015.7.26）

全家欢宴，温情洋溢（右一为孙女黄琳）

14

贺中秋，干杯酒

中秋前夕，友人转发一首诗作供我欣赏，为凑热闹，我亦仿其风格附和一首，以添喜庆。

酒
醇厚
迎中秋
邀约好友
佳节来聚首
浓情一醉方休
月饼美味茶香诱
更备红柿金柚芋头
土产兼洋货应有尽有
邀嫦娥唤吴刚大展歌喉
盛世中华创辉煌成就
微信互动已无代沟
花好月圆念故旧
频举杯壮志酬
祝健康长寿
世界周游
共挽手
享受
酒　　　　　　　　(2015.9.27)

秋色（陈春庆摄）

广州塔上的中秋月（陈春庆摄）

附：友人转发之原诗

秋
似酒
味醇厚
岁月悠悠
转身又回首
再抚喜乐哀愁
往事如烟花依旧
唯友谊绵长如水流
只缘一路有你陪我走
沐晨曦撷彩霞雨中漫游
待到红叶浓时再聚首
品茶论酒赏石叙旧
落花满地云舒袖
欢声笑语不休
夕阳挂枝头
红尘看透
别无求
静候
秋

15

番薯"寿宴"——七十三岁生日随感

往年祝寿请大厨，
今天生日啖红薯。
不是囊中太羞涩，
只缘粗粮胃肠舒。

太平盛世多喜事，
庆生意识渐模糊。
山珍海味"家常菜"，
粗茶淡饭变特殊。

虚度古稀又三载，
活力依然如脱兔。
功名利禄皆淡泊，
法道自然乃坦途！

（2015.10.12）

附：友人来电调侃，即借其意代作诗一首

黄兄生日啖红薯，
谁敢嘲其大老粗？
许是诸君看走眼，
未谙"禾草盖珍珠"。

红薯虽贱盆子贵，
青花瓷碟天价沽。[①]
大智若愚藏不露，
世事难得是糊涂！

生日啖红薯

注①："盆子"指盛番薯的碟子。其实只是一个极普通的菜碟，说它"天价"，纯属"开国际玩笑"。

16

体检对联

多年未体检了，最近为参团赴南美洲四国旅游，“被迫”到权威机构做了一次全身体检，结果各项指标基本正常，并无大碍，颇令人欣慰。遂乘兴作对联两副，以资纪念。

之一：

上联：年逾七旬，自觉健康无大恙，历来自信不体检

下联：行跨六洲，他国旅游有新规，如今被迫要验身

横批：所幸平安

之二：

上联：体检犹如照妖镜，把内外机关五脏六腑查个彻彻底底，让你清清楚楚

下联：验单好比明细账，将大小数据接二连三记录明明白白，不再糊糊涂涂

横批：捡（检）个安心

（2016.1.23）

广州保健中心体检大楼

17

相聚“情人节”

新年“人日”①倍思亲，情人节里会“情人”。不似“牛织”②卿与我，更激豪情伴军魂。

“情人”相思半世纪，
血浓于水情谊真。
解甲归田念永远，
战友同心创乾坤！

（2016.2.14）

老战友相聚会

注①：正月初七在中国民间传统中谓之“人日”，即人类的生日，而今天又是阳历2月14日，正好是西方的情人节。

注②：“牛织”指民间故事中的“牛郎与织女”。

18

微商达人

在大众创业、万众创新的大时代，深圳金易德药业公司总经理杨骁先生勇立潮头，抓住“互联网+”的先机，积极搭建起微商销售平台，力促其国内首创产品“健士康”三七药物牙膏，旗开得胜，成为新时期深圳特区又一道亮丽风景线，令人鼓舞。今特赋诗一首点赞之。

一代儒商胆气豪，
两手齐抓①出奇招。
三七牙膏君首创，
四方微商大营销。
五星标准品牌正，
六路精英架金桥。
七彩华章传媒颂，
八面助威声誉高。
久襄善举为公益，

十分诚心护幼苗②。
百姓钟情金易德，
千般拥戴爱如潮。
万束奇葩采一朵，
亿元伟业看明朝！

杨骁先生在微商推广现场

(2016.2.23)

注①：指药品与日化产品“两手抓”。

注②：杨骁先生热心公益事业，积极参与山区贫困学生助学活动。

19

五星车联网创辉煌（藏头诗）

五更帷幄苦运筹，
星移斗转几春秋。
车驰万里欣起步，
联程千载壮志酬。
网通全球云数据，
创意生活乐悠悠。
辉耀中原齐庆喜，[①]
煌昭日月竞风流。

与五星车联网董事长齐中喜（右一）、总经理王楠辉（左一）合影

（2016.5.3）

20

人生风景最壮美——献给挚友梁计照

无论寒冬还是盛夏，
无论烈日炎炎还是风雨霏霏，
一个熟识的身影
总在工地上徘徊。
粗活细活都拿得上手，
大事小事都亲力亲为。
精心谋划，科学举措，
高瞻远瞩，临场指挥……
为使新厂早日落成投产，
他付出了多少汗水，
日夜操劳不知累！

不用猜，不用问，
我早就知道他是谁！
梁计照——
南粤医药界的老黄牛，
几十年艰苦创业
本色永不褪！

注①：此句诗中嵌入五星车联网董事长齐中喜和总经理王楠辉的名字。

从罗浮山制药厂，
到深圳卫星制药；
从惠州东方国际，
到绿全保健实业；
从内地不断拓展，
到粤港深化合作……
他创办了一个又一个企业，
研制出一个又一个名牌产品，
硕果累累，
熠熠生辉！

与惠州东方国际保健品有限公司梁计照总经理（左一）、香港健康博士有限公司徐锦全董事长（右一）合影

跃马扬鞭再启程，
人生难得搏几回！
不待扬鞭自奋蹄，
长征路上奋力追！
千辛万苦不在话下，
九牛二虎拉不回！

终于，
一座现代化工厂拔地而起，
又一个夙愿成现实，
业界又竖起了一座
里程碑！

不到长城非好汉，
小车不倒只管推。
倾尽余热终不悔，
成功快乐相伴随。
这就是梁总，
大众心中的偶像，
新时代的愚公，
实至名归。
点赞，为我的挚友！
祝福，为我的同辈！
愿您的事业更上一层楼，
愿您的人生风景更壮美！

（2016.5.12）

21

机关新气象

老夫年逾古稀，
曾是机关干部。
今日回“家”办事，
“意外”感受特殊。

办事先找熟人，
习性根深蒂固。
谁料今日不灵，
“新人”善意劝阻。

大厅办事公开，
谢绝特殊照顾。
自查业务档案，
电脑为君“开路”。

“老兵”不谙规程，
“新兵”热情帮助。
“互联网 +”神通，
浩瀚资料满库。

文件快速搜索，
打印一清二楚。
长者分文免收，
享受超级服务。

办事透明高效，
情暖千家万户。
机关作风整改，
迈出坚实一步。

今日高兴“回家”，
收获诸多感悟。
虽是小事一桩，
彰显社会进步！

(2016.5.16)

回“老家”

22

贺潘母百岁大寿

今年 5 月 22 日，是亲密战友潘英棠母亲百岁寿辰，众多亲朋好友前来祝贺，送的祝贺书画、艺术品、纪念品琳琅满目，精彩纷呈。寿宴筵开 120 席，盛况空前，热闹非凡。这是我有生以来参加祝寿最年长的一位寿星，感奋之余，特赋诗致贺。

人生七十古来稀，
长命百岁更珍奇。
潘母荣享世纪诞，
福寿双全冠黄岐[①]。

战友潘英棠夫妇与百岁慈母

潘母为何得高寿，
耄耋之年添瑞气？
潘家缘何贵客多，
远近亲朋来贺喜？

寻根溯源终发现，
潘氏世家有传奇。
“豪门宴”上群英赞，
肺腑真言解众谜。

英棠大哥秉孝心，
“舍得人生”树大旗。
慈母真传群贤聚，
乐为后辈作人梯。

潘母平生历艰辛，
人穷心善蕴大气。
乐观豁达感恩亲，
纯情献爱帮邻里。

潘氏家风传世代，
“长寿基因”发新枝。
今日寿星庆百岁，
他朝千禧会有期！

(2016.5.22)

注①：黄岐乃潘母家乡佛山市南海区大沥镇黄岐街。

与李俊锋董事长（右）

23

“1+1＞2” 的传奇——赞李俊锋董事长

商场如战场，
经商如博弈。
虽不能成为常胜将军，
却可演绎更多商贾传奇。
李俊锋董事长，
不愧为医药界的精英，
摸爬滚打二十载，
生意蒸蒸日上，
企业风生水起！
是他，
开创了网购新特药的先河；
是他，
谱写了“1+1>2”的商业传奇！
……
若本医药网，
是他多年创业的根基；
为特殊患者寻觅“救命药”，
是他最神圣的“天职”。
从广州到全国，
从药店到医院，
织就了一张庞大网络，
在救死扶伤的历程中，
留下了多少感人故事！
……
羽翼渐丰的雄鹰，
要向更广阔的高空翱翔；
崭露头角的诺本医药人，
要拓展更新的领域。
向美容化妆品进军，
审时度势，马不停蹄，
迅速占领行业的新高地。
于是，又一个响亮的品牌——
“麦蕊药妆”，
在中华大地悄然崛起！
这是现代生物技术
在美容化妆品领域的突破，
为亿万爱美之人
送去健康和美丽。
它的问世，
颠覆了，
“涂脂抹粉”的旧理念，
让肌肤“返老还童”，焕发生机！
……
药界精英层出不穷，
一颗新星在冉冉升起，
应运而生的“亿药通”[①]，
高擎起，
创新发展的大旗，
奋力领跑，前程万里！
喜看今朝，
“健康卫士”豪情满怀；
展望未来，
“药妆新秀”顶天立地！

(2016.5.25)

注①：如今，诺本医药网、麦蕊药妆等品牌，已整合成一家集药品、美容化妆品经营于一体的集团化机构，称为“亿药通”。

24

心想事成

近日，郑州五星车联网董事长齐中喜和总经理王楠辉率队南下广州，与某公司洽谈项目合作，初获成功，王总为此激情赋诗，我亦乘兴和其一首。

"齐王"①羊城拓荒牛，
商海博弈竞风流。
五星大道通天网，
车联百业溯源头。
时代精英紧携手，
享誉中华达五洲。
昔日范蠡今犹在，
廉颇自叹逊一筹。
仙界慈母应欣慰，
孺子雄心壮志酬。
"心想事成"②众祝酒，
倾注豪情写春秋！

(2016.5.25)

附：王楠辉原诗

赴羊城洽商事有感

范蠡羊城竞风流，
峥嵘岁月少年头。
廉颇老矣梦犹在，
不惧征途荆棘稠！
泣念慈母音容在，
暗补征甲白虎楼。
盖聚五星联百业，
陶朱绮顿耀神州。

(2016.5.24)

佛山神庙双龙壁前留影（从右至左：齐中喜、本文作者、王楠辉）

注①："齐王"指齐中喜和王楠辉两位领导。

注②：2016 年 5 月 24 日晚，为庆祝"合作意向书"胜利签署，王总父亲的战友、五星公司顾问潘英棠先生特意安排在佛山名都大酒店"心想事成"餐厅设宴庆祝。

25

论“心态”

很多人赞我身体好，
年逾古稀不显老；
很多人赞我心态好，
胸怀豁达没烦恼。
其实都是溢美之词，
到底心态如何？
连我自己也不知道！

事物都是相对而言，
好事坏事不会“一边倒”。
情况复杂多变，
活生生的一个人，
怎不受外界环境干扰？
看看当今的世界吧，
天灾人祸、恐怖袭击、战火燃烧……
悲剧天天在上演，
我怎会麻木不仁，
能睡安稳觉？
听听周围的“嘈音”吧，
上访告状、奔走投诉、怨言牢骚……
社会矛盾不断涌现，
一个有良知的公民，
心里怎不受煎熬！
“潜规则”“虚假风”，
令我深恶痛绝；
小人奸诈，
权势当道，
令我怒火中烧！
只恨自己不会“变脸”，
变成一只小羔羊，
或一只把头钻进沙堆的鸵鸟！
爱憎分明的态度，
疾恶如仇的脾性，
注定我平生不得安宁，
难免惹火烧身，
落下“一地鸡毛”！

常听人说“难得糊涂”，
常听人劝“少安毋躁”，
可我总看作是戏言，
根本就不信那一套。
于是，
表面看来很潇洒，
实际上烦恼不少……

奇怪的是，
人们照样胡乱称赞，
夸我襟怀豁达心态好，
若问到底为什么？
很遗憾，
我真的不知道！

(2016.6.5)

海阔天高（智利威尼亚十里长滩）

26

父亲节感怀

又逢父亲节，
缅怀泪纷飞。
严父仙逝早，
尽孝未及归。

家训寄厚望，
自愧愿有违。
今享天伦乐，
何日立丰碑？

（2016.6.18）

佛山祖庙叶问展览馆（家父生前形象颇似叶问，借此缅怀之）

27

我们不老啊（歌词）

（一）
岁月的风霜，
悄悄地把你的皱纹刻画，
催生了你的白发。
你是否相信，
我们真的老了？
问问星星，
问问晚霞，
它们给出了最好的回答！
皱纹是光辉征程的记录，
白发映照着当今的铅华。
星光在闪耀，
晚霞美如花，
新时代的长者啊，
恰似百花园中傲霜的奇葩！
看吧，
我们老当益壮，
意气风发！

（二）
世纪的风雨，
不停地把我们的身躯敲打，
考验着我们的骨架。
你是否意识到，
自己真的老了？
问问青年，
问问娃娃，
他们给出了最酷的回答！
伤痕是累累战功的标记，
铁骨能撑起崭新的大厦！

广州花城广场留影

秋光胜春色，
老枝发嫩芽，
新时代的长者啊，
就像一匹伏枥的千里马！
看吧，
我们豪情满怀，
整装待发！

（副歌）
远离了青春年华，
但我们心态永远年轻，
坚韧不拔，
何惧风云变化。
献出余光余热，
为了中国梦，
为了我们美丽的家。
自豪吧，
幸福的长者，
歌唱吧，
东方不老的神话！
真的——
我们其实不老啊！

（2016.6.29）

28

神奇百草油——重访罗浮山国药有感

与君结交朋友，
已然三十春秋。
今日重访故地，
热血涌上心头。

岭南中药宝库，
仙境得天独厚。
罗浮山下崛起，
英名誉满神州。

百草炼成仙丹，
国货畅销全球。
企业乘势腾飞，
跻身业界一流。

葫芦[①]装的啥药？
神仙也难猜透。
唯其疗效卓著，
神奇必有理由。

百姓最为欣慰，
名药价廉质优。
创新传统理念，
国药更上层楼。

始终未忘初心，
为民健康解忧。
奉献一片大爱，
永远力争上游！

（2016.7.13）

罗浮山国药

注①：罗浮山国药根据道教传统配方创制的“罗浮山百草油”，是其标志性主打产品，采用葫芦状玻璃瓶包装，很有特色和神秘感，深受百姓喜爱。

29

香江神农新一辈——赞香港中药学会创会会长徐锦全

意气风发的徐锦全会长

与徐会长（左）在秘鲁首都利马海滨公园合影

东方之珠喜回归，
青史重描新一回。
港人治港续龙脉，
振兴中药要靠谁？

继传统，策马追，
天降大任新一辈。
中药学会聚群贤，
徐氏领军众相随。

打铁先要自身硬，
内地深造铸神威。
精研本草岐黄术，
学有专长大作为。

港府立法勤参政，
勇立潮头卫国粹。
“桥梁”沟通官与民，
共为港药添光辉。

宏图大略惜人才，
甘当园丁育花蕾。
力促行业上台阶，
港药盛名不可摧！

健康博士创名牌，
异军突起赢口碑。
良药护民祛顽疾，
畅销全球夺首魁。

“三资”引进贵在早，
粤港合作破重围。
“东方国际”二十载，
惠州基地业绩斐。

舍得小家为大家，
献身社团终不悔。
德高望重人敬仰，
群英竞逐捧金杯！

(2016.7.15)

30

日前我认识了一家致力环保的企业，名叫广东源本生物科技有限公司，它们采用独创的生物技术，为很多养猪场、养鸡场乃至菜市场解决了粪便、污水、死鱼虾及烂菜叶等污染环境的大难题，并化废为宝，使之变成无臭、干净的有机肥料，取得可喜社会效益和经济效益，可谓功德无量！我对其赞赏有加，感慨之余，受该公司董事长之托，为其创作了一首企业之歌（歌词）。

该公司坐落于美丽的广州五羊新城

该公司董事长陈贵荣

源本的力量（歌词）

（一）

晶莹剔透的露珠，
映射出太阳的光芒。
每一个鲜活的生命，
都憧憬着崇高的理想。
源本生物，
神奇的科技，
托起了现代环保的新希望。
趋利除弊，
变废为宝，
源本人身怀绝技，
手握魔方，
化腐朽为营养，
变污浊为芬芳，
奉献出我们绝妙的锦囊。
让天更蓝、地更绿、水更清，
把沧桑的世界，
打造成圣洁的人间天堂。

（二）

柔和滋润的春风，
送来了百花的芬芳。
每一片鲜嫩的叶芽，
都渴望着雨露阳光。
源本生物，
伟大的创举，
谱写出自然和谐的新篇章。
化解矛盾，
相得益彰，
源本人高瞻远瞩，
胸怀梦想，
化激情为胆识，
变科技为翅膀，
奉献出我们奥妙的力量。
让情更真、爱更深、人更美，
把美丽的家园
建设成洁净的人间天堂。

（2016.7.21）

31

神 针

数年无病患，
近日遇麻烦。
酷暑伏案忙，
空调吹面瘫。
左腮肌松弛，
嘴歪眼闭难。
无辜遭“破相”，
不敢站镜前。
匆匆求名医，
西药服再三。
病情虽趋好，
无奈拖时间。
激素且含“毒”，
久服存弊端。
友人荐针灸，
“华佗”来接班。
银针扎穴位，
脉冲如闪电。
疗程半小时，
经络渐通关。
如是方七日，
笑口复欢颜。
中医真国粹，
妙手能回天。
我今成范例，
感恩赋诗篇！

医院一角

一家现代化的三甲医院

(2016.7.28)

32

踏平巅峰——热烈祝贺中国女排重夺奥运金牌

2016 年 8 月 21 日北京时间上午 9：30，第 31 届奥运会女排总决赛在巴西里约热内卢的马拉卡纳体育馆举行，由中国女排对阵塞尔维亚女排。这场“巅峰对决”牵动了远在万里之外的 13 亿中国人民的心。其时，真是“万人空巷观赛事，千军助威气如虹”！最终，中国女排不负众望，以 3:1 的强势，力挫世界劲旅塞尔维亚队，时隔 12 年重夺奥运金牌！兴奋之余，特赋此诗祝贺！

纵观奥运风云，
虽有瑕疵不平。
唯我中国女排，
神奇教练郎平。

无惧天下强手，
发挥超常水平。
重夺奥运金牌，
终把巅峰踏平！

（2016.8.21）

中国女排重夺奥运金牌（图片来自电视荧屏）

33

再踏征途——七十四岁感怀

“三大任务”之一：旅游（广州白云机场）

世事如火如荼，
老夫未曾虚度。
眨眼七十又四，
疑是年轮有误。

人教长寿“秘籍”，
我讯“偏方”杳无。
唯有顺其自然，
才是最佳“套路”。

不与“高人”比肩，
远离争风吃醋。
不求菩萨保佑，
笑对“冬瓜豆腐”①。

少饮“心灵鸡汤”，
看淡养生要素。
山珍海味浅尝，
粗茶淡饭常箸。

始终退而不休，
古稀“三大任务”：
旅游、会友、写书，
积攒精神财富。

并无刻意锻炼，
轻松吟唱散步。
手脑勤动灵活，
耄耋不致糊涂。

人生总有终点，
何惧“穷途末路”？
化身快乐神仙，
阎王奈我何乎？

(2016.10.12)

“三大任务”之二：会友（经常与广州老战友欢聚）

“三大任务”之三：写书（已出版8本书，现又即将出版两本，共10本）

注①：“冬瓜豆腐”为粤语俗话，意为“不测之事”。

后　记

屈指数来，这是我出版的第九本书。中国人的习俗认为，“九”是好兆头，寓意长长久久，久盛不衰。然而，我却把它解释为“九牛二虎”。此话何意？乃“十分费力”也。不难想象，一位年逾古稀、并非擅长诗作的作者，要在短短三四年的时间里，写出 150 多首“应景诗篇”，并配上几百幅实景彩照，是一件多么不容易的事！为了创作这些“旅游诗”，必须“满世界地跑”，获得真情感受之后，废寝忘食地进行写作，再经过整理资料、修改文稿等一系列复杂程序，最后才把样稿交给出版社审阅。如此烦琐的过程，非付出九牛二虎之力不可！今天，终于“大功告成”了，我深感欣慰！

在这里，我要衷心感谢为此书的出版给予我热心帮助的各位朋友！首先是我的众多粉丝与学长，是他们的鼓励与指导，才使我增强了写诗与出版诗集的信心。此外，一些书画界的朋友如张福铭、马征、邓阜炳等老师，当得悉我要出版新书时，热情、主动地为我泼墨挥毫，题词祝贺。他们的墨宝为我的作品增色不少。

“兵马未动，粮草先行。”为了筹集出版经费，很多朋友对我伸出援手，热情赞助。这之中，既有老朋友，又有新朋友；既有“名流大腕”，又有“草根阶层”；既有内地同仁，又有港澳同胞；既有以单位名义赞助的，又有以个人名义资助的。对于这些朋友的慷慨解囊，在此我表示衷心感谢！他们是（排名不分先后）：深圳五星车联网科技股份有限公司、香港健康博士有限公司、惠州东方国际保健品有限公司、广州国览医疗器械城有限公司、广东罗浮山国药股份有限公司、广东金美济集团有限公司、中山市中智药业集团、广东浩鸿汽车贸易有限公司、广东泰宝医疗科技股份有限公司、广州现代健洗涤有限公司、广州昊特医疗科技有限公司、广东林中宝生物科技股份有限公司、东莞亚洲制药有限公司、中国银河证券广州庆亿街证券营业部、陕西康尔医药有限公司，潘英棠、李俊锋、曹国杰、陈俊勇、杨骁、胡国城、姚志伟、林冠棠、吴旻、陈泽汉、李权钦等朋友，以及印得法师。

由于本人水平所限，加上创作及编辑时间相对较仓促，本诗集中难免有错误或不足之处，恳请广大读者朋友给予批评指正，不胜感谢！

黄每裕

2016 年 10 月 15 日